I0556986

www.ingramcontent.com/pod-product-compliance
Lightning Source LLC
Chambersburg PA
CBHW072044170626
46811CB00008B/3160

* 9 7 8 1 0 0 5 7 8 2 5 1 1 *

الأشعة الفيروزية

رواية خيالية

إعداد وتحرير: رأفت علام

مكتبة المشرق الإلكترونية

صدر في فبراير ٢٠٢١ عن مكتبة المشرق الإلكترونية – مصر

بداية القصة

لست أدري كيف أبدأ قصتي هذه!..

الأحداث والوقائع ما زالت تتخبط وتتصارع في رأسي، على الرغم من مضي عام كامل على نهايتها العجيبة، التي لا تقل غرابة عن بدايتها وتطوراتها..

ومن المؤكد أنها تركت أثرًا عميقًا في نفسي.. عميقًا للغاية..

لقد كنت قبلها واحدًا ممن يرتادون المجتمعات، ويرتبطون بصداقات قوية عديدة، وعلاقات متينة، مع العشرات من رجال المجتمع، سواء في وطني (مصر)، أو في (انجلترا)، حيث أقيم وأعمل..

وكان أكثر ما يميزني هو تلك الابتسامة الهادئة، التي قلما تفارق ثغري، والتي جعلت بعض أصدقائي القدامى في (لندن) يطلقون عليَّ اسم مستر (سمايل)، أو (المبتسم)، بلغتهم العريقة..

أما الآن، فقد انقلبت أحوالي تمامًا..

لقد أصبحت كائنًا منفردًا، أميل إلى الانطواء والعزلة، قليل العناية بمظهري وهندامي، لا أغادر معملي الخاص إلا لإلقاء محاضراتي في الجامعة، أو لشرح بعض الظواهر الفيزيقية لطلبتي، في معمل الكلية.. ولم يعد لي أصدقاء تقريبًا..

كلهم أدهشهم ذلك التحور العجيب في شخصيتي، وحاروا في أمري، بعد أن اعتزلتهم، ولم أعد أولي أحدهم اهتمامًا، حتى ولو أتي لزيارتي في ليالي السبت، التي شهدت العديد من لقاءاتنا المرحة الطريفة في السابق.. وكلهم يتساءلون عما أصابني..

عن سر انطوائي..

عن تلك النظرة الحزينة، التي تطل دومًا من عيني، لتحل محل الابتسامة القديمة، التي انقطعت صلتي بها تمامًا، منذ عام كامل..

وأكثر ما يثير حيرتهم وقلقهم، هو اهتمامي الزائد ببيت الدمية، الذي أحتفظ به في حجرتي الخاصة، وأمنع أي مخلوق من الاقتراب منه، أو حتى لمسه، مهما كانت الأسباب.. وكذلك إقبالي الشديد على شراء الدمى الصغيرة، لتلك العروس الشهيرة (باربي)، وكل ما يخصها من ثياب صغيرة، وأدوات..

ومن المؤكد أنهم يتصوَّرون جميعًا أنني أصبت بمس من الجنون..

وخاصة عندما حطمت كل النماذج الصغيرة، التي كانت تملأ بيتي، لعشرات السيارات، القديمة والحديثة، والتي كنت أسعى دومًا للحصول على الأنواع الجديدة منها، من أشهر الماركات العالمية، أو مما يتم صنعه يدويًا بإتقان شديد، مهما بلغ سعره، ومهما بذلت في سبيل هذا من جهد..

وربما كان الحديث عن نماذج السيارات الصغيرة هو المدخل المناسب لقصتي..

بل هو المدخل الصحيح لها بالفعل..

حمدًا لله.. لقد التقطت أخيرًا طرف الخيط، الذي سيسمح لي بترتيب كل الوقائع والأحداث في ذهني، بعد هذا الزمن الطويل..

ولا تجعلوا كلمة (الزمن الطويل) هذه تدهشكم، فالعام الواحد قد يبدو لكم فترة بسيطة محدودة، ولكنه مر بالنسبة لي كدهر كامل..

دهر لم أذق فيه طعم النوم إلا لمامًا..

وأنفقت فيه كل مدخراتي..

أو كدت..

وربما كان هذا هو السبب الرئيسي، في إقدامي على كتابة قصتي..

إنني أخشى أن أفقد قدرتي على الاستمرار، ماديًا أو معنويًا، فتكون النتيجة وخيمة، وأفقد أحب مخلوق إلى قلبي وعقلي، والتي..

ولكن لا..

دعونا لا نستبق الأحداث..

لقد استجمعت الموقف كله، ويمكنني أن أقص عليكم القصة الآن..

ومن البداية..

بداية قصتي العجيبة..

أعجب قصة في العالم كله..

☆ ☆ ☆

النموذج المصغر

في البداية، دعوني أقدّم نفسي..

اسمي الدكتور (رامز سيف الدين)، في أوائل الخمسينات من العمر، أستاذ ورئيس قسم الفيزياء النووية، في واحدة من أكبر جامعات (إنجلترا)، حيث أعمل وأقيم، منذ ما يقرب من ربع القرن، منذ حضرت من (القاهرة)، للحصول على شهادة الدكتوراة في هذا الفرع الدقيق من العلم، ثم قرَّرت الاستقرار في العاصمة البريطانية (لندن)، بعد أن حصلت على الشهادة، وعرضت علي الجامعة وظيفة متميزة فيها، بمرتب يسيل له اللعاب، في تلك الفترة..

وأنا أعزب غير متزوج، ولا تسألوني لماذا، فأنا نفسي أتساءل: هل ألهتني أبحاثي العلمية واهتماماتي التكنولوجية، عن التفكير في أمور الحب والزواج، فلم أفق من غيبوبتي هذه إلا بعد أن تجاوزت الخمسين من العمر؟!..

أم أن حياتي الاجتماعية الحافلة كانت تشبعني عاطفيًا، إلى الحد الذي لم أهتم فيه كثيرًا بتكوين أسرة وإنجاب أطفال، والانتماء إلى عائلة مستقرة؟!.

وأيًا كان السبب فقد قضيت ربع قرن من الزمان في (لندن) وحيدًا، في منزل كبير، يحسدني عليه أقراني في الجامعة، ولا تشغلني فيه سوى أبحاثي المتصلة، التي أجريها في معمل صغير، أقمته في قبو المنزل، أو هوايتي الشديدة لجمع نماذج السيارات الصغيرة، وبالذات النادرة منها، أو الذي تبلغ دقته حدًا يجعله أشبه بالسيارات الحقيقية، على الرغم من صغر حجمة..

وعلى الرغم من أنني لست الوحيد، الذي له مثل هذه الهواية، إلا أن أصدقائي كانوا يعجبون لشدة شغفي بجمع هذه النماذج، وتزيين أرفف مكتبة كبيرة بها، وباستعدادى لشراء النماذج الدقيقة منها بمبالغ كبيرة، يعتبرونها ثروات طائلة، لا ينبغي إنفاقها في مثل هذه اللعب..

صديق واحد كان يشاركني اهتماماتي هذه..

إنه الدكتور (لوجان ليفيت)، أستاذ الطب الشرعي، في الجامعة نفسها..

هو أيضًا يجمع نماذج السيارات الصغيرة بنفس الشغف، ويحرص على أن يريني أي نموذج جديد، ينجح في الحصول عليه، كما يحتفظ مثلي بعدد من النماذج النادرة، التي دفع فيها مثلي - ثروات طائلة..

وكم من الممتع أن يجد المرء من يشاركه هواياته واهتماماته..

ومن الطبيعي، والحال هكذا، أن تربطني بالدكتور (لوجان) صداقة قوية متينة، مع اهتماماتنا المشتركة، على الرغم من أنه يكبرني بعشر سنوات كاملة..

والواقع أن هوايتنا المشتركة لم تكن السبب الوحيد لارتباطي بالدكتور (لوجان)..

هناك سبب آخر أكثر أهمية..

ابنته (إيما)..

و(إيما) صحفية في جريدة (تايم)، في الثلاثين من عمرها، ولكنها تبدو لفرط نشاطها وحيويتها، وكأنها أصغر بعشر سنوات على الأقل، كما أن ملامحها الدقيقة الرقيقة، وابتسامتها العذبة الساحرة، تجعلها أشبه بنموذج مكبر للدمية الشهيرة (باربي)، يسعدك التطلع إليه، ومراقبته طوال الوقت..

ولقد وقعت في غرام (إيما) هذه منذ اللحظة الأولى، التي وقع فيها بصري عليها، في مكتب والدها، منذ ثلاثة أعوام تقريبًا..

كانت قد حصلت على الطلاق مؤخرًا، من زوجها الصحفي بنفس الجريدة، بعد طول عناء، وقررت أن تدفن نفسها في العمل، لتتنسى صراعاتها الطويلة معه، فانتقلت للعمل في قسم صحافة الجريمة، وتتبعت سلسلة جرائم قتل غامضة، كان الدكتور (لوجان) هو الطبيب الشرعي المعتمد فيها.

ولقد أدهشني حقًا أن يقدم شخص عاقل على طلاق ملاك رقيق مثلها..

وأدهشني أكثر أن تعمل في هذا المجال العنيف، الذي جعلها تحضر بنفسها عملية فحص وتشريح جثة القتيل، التي يعمل فيها والدها، في محاولة للحصول على نسخة من تقرير الفحص، قبل أن يحصل عليها أي صحفي منافس..

ومنذ ذلك الحين، اقتربت أكثر وأكثر من الدكتور (لوجان) وابنته (إيما)، التي تصاعد حبها في قلبي وتضاعف عشرات المرات، مع مرور

الوقت، وإن لم أجرؤ على الإفصاح عنه قط، مع فارق السن بيننا، والذي يتجاوز العشرين عامًا دفعة واحدة..
ولكن دعونا لا نتشعب في روايتنا، حتى لا نفقد طرف الخيط، الذي التقطته في صعوبة هذه المرة..
ودعونا نعد إلى قصتنا..
إلى البداية..
ولقد كانت البداية، كما سبق أن أخبرتكم، منذ عام تقريبًا، في واحدة من ليالي الشتاء في (لندن)، التي تنخفض فيها درجة الحرارة إلى ما يقرب من الصفر، وتتساقط الثلوج لتغمر الطرقات، وأسطح المنازل وأسقف السيارات..
وفي تلك الليلة، أشعلت النيران في المدفأة، وجلست إلى جوارها، أطالع بعض الكتب الحديثة، عندما دق جرس الباب ثلاث دقات متتالية، فارتفع حاجباي في دهشة، وأنا أغمغم:
- عجبًا!.. إنها دقات الدكتور (لوجان) المميزة.. كيف أتى في مثل هذا الطقس؟
شعرت بقلق حقيقي، وأنا أهرع إلى الباب وأفتحه، ولكن دهشتي تضاعفت بشدة، عندما رأيت الدكتور (لوجان) أمامي، في معطفه السميك، وهو يحمل صندوقًا متوسط الحجم وابتسامة كبيرة مبتهجة، ويقول في جذَل:
- مفاجأة.. أليس كذلك؟
أفسحت له الطريق، وأنا أقول في حيرة:
- بلى.. إنك لم تعتد زيارتي دون اتصال مسبق.
نفض الثلج عن معطفه، وهو يقول في جذل عجيب:
- لقد تعمَّدت ألا أفعل، حتى تكون المفاجأة كاملة.
سألته وبصري يفحص الصندوق الذي يحمله:
- أية مفاجأة؟!
لوَّح بالصندوق، قائلًا في سعادة جمة:
- لقد هزمتك هذه المرة.
سألته، وهو يخلع معطفه.
- فيم؟
أسرع بالصندوق إلى المائدة التي تتوسط الردهة، وهو يقول:

- في سباق النماذج.. لقد حصلت على أفضل نموذج سيارة في الدنيا.

خفق قلبي في عنف، وأنا أعدو خلفه، وأسأله في لهفة:

- حقًّا؟!.. أهذا هو؟

فضَّ غلاف الصندوق في سرعة، ومدَّ يديه داخله في حرص، ليخرج نموذجًا لسيارة حديثة، من طراز (مرسيدس)، لا يتجاوز طوله الأربعين سنتيمترًا على الأكثر..

واتسعت عيناي في دهشة وانبهار..

لقد كان ما أراه أمامي أفضل نموذج سيارة رأيته في حياتي كلها.. أفضلها على الإطلاق..

كل شيء فيه كان تحفة غير مسبوقة، ومطابقة تمامًا للأجزاء الحقيقية للسيارة (المرسيدس)..

الإطارات..

المصابيح الأمامية..

وحتى مساحات الزجاج..

وفي انبهار تام، هتفت:

- من أين حصلت على هذه التحفة؟

قهقه الدكتور (لوجان) ضاحكًا في سعادة ظافرة، وهو يقول:

- إنك لم تر شيئًا بعد.. انظر..

وأخرج من جيبه عدسة مكبرة، وهو يداعب باب السيارة بطرق أظفره، ويفتحه، وناولني العدسة، وهو يشير إلى داخل السيارة، قائلًا:

- انظر إلى دقة الصنع المذهلة.. ذراع السرعة الآلي، وتابلوه السيارة، وحتى أحزمة الأمان.. كل شيء موجود في موضعه، وبنفس الخامات..

كاد قلبي يذوب انبهارًا، وأنا أتطلع إلى ذلك النموذج المبهر، وسألته بصوت متهدج ملهوف:

- كم دفعت ثمنًا له؟

تراجع بإبتسامة مزهوة، وهو يجيب بسؤال آخر:

- كم يستحق في رأيك؟

اعتدالت قائلًا في حماس:

- ثروة.. إنني مستعد لدفع أي مبلغ من المال، مقابل نموذج كهذا.

أومأ برأسه موافقًا في سعادة، قبل أن يجيب:

- وهذا ما فعلته أنا.. هذا النموذج الذي تمسك به يساوي خمسة آلاف جنيه استرليني.
شهقت لهول المبلغ، الذي يساوي ثمن سيارة حقيقية صغيرة، وعدت أتأمل النموذج في انبهار، وأنا أردّد:
- خمسة آلاف جنيه دفعة واحدة!
كان النموذج شديد الدقة بالفعل، إلى درجة الإتقان، وكان يستحق المبلغ، على الرغم من ضخامته، فلم أر في حياتي كلها شيئًا مثله، حتى أنني تساءلت عن ذلك الصانع الماهر، الذي يستطيع إنتاج لعبة بهذا الإعجاز التقني، تبلغ حد الكمال في مجالها، لدرجة أنك تستطيع رؤية كل تفاصيل المحرك، وآلات الحركة..
وكل شيء متقن بدرجة مذهلة..
وعدت أردِّد في خفوت، وكأنني أفكر بصوت مسموع:
- خمسة آلاف جنيه.
ابتسم (لوجان) في سعادة أكبر، وهو يقول:
- إنها تحفة فريدة، وتستحق المبلغ، ما دام المرء قادرًا على دفعه..
وكان على حق تمامًا في قوله..
صحيح أن المبلغ ضخم للغاية، إلا أن مدخراتي تفوقه بعشر مرات، إلى جوار دخلي الكبير من مؤسسة التكنولوجيا الأوروبية، التي أعمل فيها كمستشار فيزيائي، منذ أكثر من عشر سنوات..
ثم إنك لا تستطيع مقاومة الرغبة في الحصول على شيء كهذا..
وفي لهفة واهتمام، التفت إلى (لوجان)، أسأله:
- من أين حصلت عليه؟
استعاد النموذج في حرص، وهو يجيب في زهو:
- لقد وصلني عرض بالبريد، باعتباري أحد الأعضاء البارزين، في جمعية هواة نماذج السيارات، وعندما ذهبت لزيارة صاحب العرض، لم أستطع مقاومة الشراء.
قلت في دهشة:
- عجبًا!.. ولماذا لم يصلني عرض مماثل؟!.. أنا أيضًا عضو بارز في الجمعية نفسها..
هز كتفيه، قائلًا:

- لست أدري، ولكن مستر (لوكاس) أخبرني أنه انتخبني من بين أعضاء الجمعية، ليعرض علي نماذجة، بحيث أصبح وسيطًا، بينه وبين من أرشحه له من الأعضاء الآخرين.
قلت، وأنا أشعر بشيء من الغيرة:
- ولماذا أنت بالذات؟.. وكيف توصَّل إليك؟
ابتسم في خبث، وكأنما شم رائحة الغيرة من نبرات صوتي، وقال:
- ربما انتخبني بوساطة الكمبيوتر. أنت تعرف هذه الأجهزة.. إنها تنتشر الآن في كل مكان، وأي شخص ذكي يمكنه استغلالها لمعرفة أي شيء يريده.. ألم تقرأ ذلك الخبر، عن الصبي الذي نجح في اختراق كمبيوتر شبكة الدفاع، وحصل على معلومات سرية بالغة الخطورة؟!.
راقبته وهو يعيد النموذج إلى صندوقه، وشعرت في أعماقي بالحسد، لأن منافسي في هوايتي الأثيرة قد حصل على شيء مثله، فانهارت مقاومتي على الفور، وهتفت كطفل صغير:
- أريد نموذجًا مثله.
اتسعت ابتسامة (لوجان)، حتى خيل إلي أنه سينفجر ضاحكًا، وهو يقول:
- لا بأس.. سأخبر مستر (لوكاس).
قلت في عصبية:
- ولماذا لا تعطيني عنوانه فحسب؟
هزَّ كتفيه مرة أخرى، وهو يحمل الصندوق تحت أبطه، قائلًا:
- الرجل لا يسعى للانتشار والشهرة، وإلا لأعلن عن بضاعته في الصحف، وكان هذا كفيلًا بأن يحقق له ثروة طائلة لو فعل.. إنه، كما أخبرني، لا يرغب في بيع نماذجه، إلا لمن يدرك قيمتها الحقيقية.
ثم لوَّح بسبابته، وهو يضيف في حماس:
- إنه ليس مجرَّد تاجر.. إنه فنان.. فنان حقيقي.
قالها، وانصرف دون أن يضيف الكثير، وتركني خلفه أكاد أشتعل لهفة وغيرة، وأترقب في شوق وقلة صبر تلك اللحظة التي ألتقي فيها بهذا المستر (لوكاس).
ذلك الصانع العبقري..
صانع اللعب.

☆☆☆

بائع اللعب

حدث ذلك اللقاء بعد أسبوع كامل..

أسبوع كامل لم يعد لي من أمل سوى أن أحصل على نموذج مشابه لذلك الذي حصل عليه (لوجان)...

وطوال ذلك الأسبوع، رحت أعيد فحص كل ما لدي من نماذج عشرات المرات..

وبالذات تلك الأكثر دقة وأناقة..

كانت لدي بعض نماذج السيارات القديمة، تفخر الشركات المنتجة لها بأنها من أفضل وأدق النماذج الموجودة بالأسواق، ولكنها كانت، على الرغم من دقتها المدهشة تكاد تبدو أشبه بلعبة رخيصة، إلى جوار الإتقان المذهل، الذي رأيته في نموذج (المرسيدس)...

وكان هذا يزيدني لهفة وتوترًا..

وأخيرًا، اتصل بي (لوجان)، وقال في سعادة:

- حصلت لك على موعد معه.

قفزت من مقعدي في سعادة جمة، وأنا أصرخ:

- حقًا؟!.. متى؟ وأين؟

ضحك وهو يجيب:

- غدًا صباحًا، في متجره العتيق في (وست مينستر).

كان قلبي يرقص طربًا طوال الليل، وكأنني في سبيلي للقاء معشوقة قديمة، طال شوقي إليها، واستيقظت في الصباح الباكر، ورحت أتطلّع إلى ساعتي كل دقيقة، وبدا لي وكأن الزمن يمضي في بطء مثير للحنق، وتمنيت لو استطعت دفع عقارب الساعة إلى الأمام، ليحين الموعد المنشود..

وفي الثامنة والنصف بالضبط، كنت أجلس مستقلًا سيارتي أمام منزل (لوجان)، الذي قهقه ضاحكًا، وهو يدلف إلى سيارتي، قائلًا:

- كنت أعلم أنك ستصل في موعدك بالضبط.

أجبته، دون أن أحاول إخفاء لهفتي:

- كان بإمكاني أن أصل قبل هذا، فالشوارع خالية تقريبًا.

هزَّ كتفيه، وهو يقول:

- أمر طبيعي.. إنه يوم الأحد.

لم أكد أسمع جوابه هذا، حتى قفزت دهشتي إلى الذروة..

كيف لم أنتبه إلى هذا من قبل؟!..

إنه يوم الأحد بالفعل..

وهذا أمر عجيب للغاية..

ولو أردت أن تدرك مدى عجبه، فعليك أن تعرف شيئًا عن طبيعة يوم الأحد، في حياة البريطانيين..

إنهم من الشعوب التي تحترم يوم الإجازة الأسبوعية إلى حد مدهش. فمن المستحيل تقريبًا أن تجد متجرًا واحدًا يعمل في ذلك اليوم، مهما كانت الأسباب..

(لندن) كلها تبدو أشبه بمدينة للموتى في يوم الأحد، حيث يغادرها أكثر من سبعين في المائة من سكانها، إلى الحدائق والضواحي، للاستمتاع بيوم الإجازة، في حين يبقى الثلاثون في المائة الباقون داخل منازلهم، يسترخون أمام (التليفزيون)، أو يدعون أبناءهم وأحفادهم لتناول طعام الغداء أو العشاء..

ولهذا أدهشني أن يختار مستر (لوكاس) يوم الأحد بالذات للقاء..

ولقد نقلت دهشتي هذه إلى (لوجان) فابتسم مجيبًا:

- أعتقد أنه يتعمَّد هذا، فقد التقى بي أيضًا في أحد أيام الأحد.. إنه يعتبر عمله سريًا وخاصًا، ولا يحب أن يزاوله في الأيام العادية.

سألته في اهتمام:

- ما نوع المتجر الذي يمتلكه مستر (لوكاس) بالضبط؟

أجاب في هدوء:

- متجر لبيع لعب الأطفال.. إنه رجل عجوز، من ذلك الطراز العتيق، الذي يصنع بعض اللعب الخشبية ونماذج الدمى الصغيرة، المصنوعة من القماش والورق.

قلت في اهتمام:

- لابد أنها تحف رائعة.

هزَّ رأسه نفيًا، قبل أن يجيب:

- إنها ليست كذلك على الإطلاق، وهذا ما يثير دهشتي.

سألته في حيرة:

- كيف؟!

مطَّ شفتيه، وهو يجيب:

- انتظر، وسترى بنفسك..
كان هذا الجواب يزيدني توترًا وفضولًا، إلا أنني كتمت شغفي في أعماقي، ورحت أقطع الشوارع الخالية، حتى بلغت متجر (لوكاس) العتيق، في (وست مينستر)، والذي يحمل اسم (لعب مستر لوكاس)، وعندما توقفت أمام بابه الكبير المغلق، أشار (لوجان) بسبابته، وقال:
- ليس من هنا.. سندخل من الباب الخلفي، في هذا الشارع الجانبي.
أدهشتني تلك الإجراءات المعقدة، التي يتخذها مستر (لوكاس) هذا، وكأنه أحد تجار المخدرات، ولكنني أطعت تعليمات (لوجان)، ودخلت ذلك الشارع الجانبي الصغير، واتجهت مع صديقي إلى باب من خشب البلوط، علقت به دمية صغيرة، فدقه (لوجان) دقتين متباعدتين، ووقف ينتظر..
ومضت لحظات ثقيلة من الصمت والسكون، بدت لي من شدة لهفتي، وكأنها أيام طوال، قبل أن ينفتح الباب في بطء، ويظهر من خلفه وجه مستر (لوكاس)..
كان شيخًا في السبعين من عمره على الأقل، أصلع الرأس، أشيب الفودين، متغضن الوجه، قصير القامة، يرتدي منظارًا طبيًا سميكًا، ذا إطار معدني رفيع، ويتطلَّع إلينا من خلفه بعينين نفاذتين صارمتين، شعرت بهما تفحصاني جيدًا، قبل أن يقدمني له (لوجان)، قائلًا.
- صديقي (رامز)، الذي حدثتك عنه.
مطَّ (لوكاس) شفتيه، وهو يواصل تفحصه لي في صمت، قبل أن يشير بيده في صرامة، قائلًا:
- ادخلا.
تبعناه إلى ممر ضيق قصير، قادنا إلى صالة العرض الواسعة، حيث تراصت مئات الأنواع من لعب الأطفال، لمختلف الأعمار والفئات، وأشار (لوجان) إلى مائدة خاصة، تتوسط الصالة الواسعة، وهو يقول:
- إنتاج مستر (لوكاس).
كدت أصرخ من فرط الدهشة، وأنا أحدِّق في تلك الدمى الخشبية، التي اشتهر مستر (لوكاس) بصنعها..
كانت مجرَّد نماذج بسيطة، غير متقنة الصنع، ولا تساوي في نظري ما يزيد على جنيه استرليني واحد، وبينها بعض النماذج البدائية للسيارات

القديمة، لا يمكنني وضعها وسط مجموعاتي، حتى ولو تلقيتها كهدية مجانية..
وفي دهشة، همست في أذن (لوجان):
- مستحيل!.. كيف يصنع شخص واحد نماذج حقيرة كهذه، ونموذج مذهل كذلك الذي معك؟
ابتسم (لوجان)، وهو يجيب هامسًا:
- لا تسألني، فلم أعثر على الجواب أبدًا.
زمجر مستر (لوكاس)، وهو يقول في خشونة غليظة:
- فيم تتهامسان؟
أجبته في سرعة:
- كنا نتساءل: متى نرى نماذجك المدهشة؟
أجابني في غلظة:
- لا تتعجل.
وانحرف بنا إلى ممر جانبي، قادنا إلى سلم ضيق، هبطنا فيه عشر درجات، قبل أن نتوقف أمام باب كبير في القبو، عليه رتاج كبير وقفل ضخم، فتحه مستر (لوكاس) في بطء مستفز، قبل أن يضيء حجرة صغيرة، لا تتناسب أبدًا وحجم الباب، وهو يقول بخشونته الغليظة:
- ها هي ذي.
وكدت أصرخ هذه المرة، من فرط الانفعال..
فأمامي مباشرة، وفوق عدد قليل من الأرفف الخشبية رديئة الصنع، كانت تستقر أروع مجموعة نماذج سيارات رأيتها في عمري كله..
(أوبل).. (فيراري).. (مازدا).. (تويوتا).. (فيات)..
كل أنواع السيارات تقريبًا..
وفي انبهار منقطع النظير، أقبلت على تلك المجموعة لوجانة، ورحت أفحصها في شغف شديد، وأنا ألهث انفعالًا..
وكانت كلها على نفس الدرجة من الإتقان المذهل، الذي رأيته في نموذج (المرسيدس)، الذي ابتاعه (لوجان)..
كل التفاصيل موجودة بدقة مذهلة..
كلها..
وفي حماس شديد، هتفت:
- كيف يمكنك صنع هذه التحف؟

زمجر مستر (لوكاس)، وأجاب في خشونة:
- ليس هذا من شأنك.
كانت إجابة فظة، تتناسب مع طبيعة الرجل وشخصيته، وهو يستطرد في عصبية ونفاد صبر.
- أيها ستختار؟
كان السؤال، على الرغم من بساطته، مربكًا ومحيرًا إلى حد كبير، فلقد بدا لي، وأنا داخل تلك الحجرة الصغيرة، أننى داخل مغارة (علي بابا)، وحولي كنوز الدنيا كلها، فكيف أختار من بينها شيئًا واحدًا؟!..
ولو طاوعت لهفتي الشديدة، في تلك اللحظات، لأنفقت مدخراتي كلها في شراء هذه النماذج كلها، ولكن من حسن الحظ أن بقيت في رأسي أضغاث حكمة، جعلتني أتماسك أمام الإغراء القوي، وأشير إلى سيارة من طراز (تويوتا)، قائلًا:
- هذه.
مطَّ شفتيه الجافتين دون مبرر، وهو يتجه نحو النموذج، والتقطه في غلظة كاد ينفرط لها قلبي، ثم جذب صندوقًا خاليًا، ووضعه داخله، وهو يقول في لهجة صارمة تحذيرية.
- خمسة آلاف جنية.. نقدًا وفورًا.
كنت مستعدًا بالمبلغ، فنقدته إياه على الفور، والتقطت الصندوق في حرص ولهفة، وأنا لا أصدق أنني حصلت على هذه التحفة لوجانة، في حين قال مستر (لوكاس) في صرامة حادة:
- بقي أمر واحد.. إياك أن تخبر أي مخلوق بما رأيته هنا، إلا بعد الرجوع إلي.. هل تفهم؟!
أومأت برأسي إيجابًا، على الرغم من حيرتي الشديدة لهذا المطلب العجيب، فزمجر الرجل، وقال في حدة:
- لم أسمع صوتك.
أجبته في خفوت:
- أعدك ألا أخبر أي مخلوق.
عاد يمطّ شفتيه، وهو يغمغم في ازدراء:
- تعدني؟!.. ومن يثق في وعد أجنبي؟
انعقد حاجباي في غضب، وأنا أقول:

- أنا مصري عربى يا مستر (لوكاس)، وأعتقد أنك تعرف أننا أكثر من يحترم وعوده.
مطَّ شفتيه مرة أخرى، ولوَّح بيده على نحو جعلني أهم بالانفجار في وجهه غاضبًا، لولا أن أمسك (لوجان) يدي في قوة، وهو يقول:
- فليكن يا مستر (لوكاس).. لن نخبر أحدًا..
ثم جذبني في قوة إلى خارج المتجر، وصفق مستر (لوكاس) هذا الباب الخشبي خلفنا في شيء من العنف المستفز، ولكن (لوجان) ضحك، قائلًا:
- لا تأبه به.. إنه شيخ مخرف..
وضعت صندوق النموذج في سيارتي بمنتهى العناية، وأنا أقول:
- شيخ مخرف يصنع تحفًا كهذه؟!.
هزَّ (لوجان) رأسه، ونحن ننطلق بالسيارة، وقال:
- مازال هذا يدهشني في الواقع، فالدمى السخيفة، التي يصنعها هذا الرجل، لا تتناسب أبدًا مع نماذج السيارات الرائعة هذه.. إنه صانع لعب تقليدي للغاية، فكيف يمكنه إنتاج هذه الروائع؟
برزت فكرة ما في ذهني بغتة، فهتفت:
- ربما لا يكون هو صانعها.
التفت إليَّ (لوجان) في دهشة، فتابعت في حماس:
- ربما يصنعها شخص آخر، لا يميل إلى الإفصاح عن نفسه.
ويستغل مستر (لوكاس) المأفون هذا لبيعها، بصفته صانع لعب قديم.. وربما كان هذا سر تلك التعقيدات، التي يحيط بها الشيخ الأمر.
التقى حاجبا (لوجان)، وهو يومئ برأسه، ويقول في اهتمام:
- تفسير رائع يا (رامز).. تفسير منطقي وجيد بالفعل.. وأعتقد أن صانع اللعب الحقيقي من النبلاء، الذين يخجلون من إعلان عملهم هذا، فيستغلون الآخرين لتسويق منتجاتهم.. نعم.. إنني أميل إلى هذا الاستنتاج بشدة.
واسترخى في مقعده في ارتياح، قبل أن يستطرد:
- يمكننا أن نناقشة أكثر، ونحن نتناول الشاي في منزلي.
ابتسمت وأنا أسأله:
- هل تدعوني لتناول الشاي؟
رفع سبابته، مجيبًا في سرعة:
- بل أدعوك لتناول طعام الغداء معي.

وقبل أن أحرك شفتاي للاعتذار، استدرك في خبث:

- (ديانا) ستأتي أيضًا.

أربكني أسلوبه في نطق العبارة، والضحكة القصيرة التي ختمها بها، فتضرج وجهي بحمرة الخجل، وتمتمت:

- فليكن.. إنني أقبل دعوتك.

أجاب في سرعة، وبنفس النبرة الخبيثة:

- كنت أعلم هذا.

نطقها، وربَّت على ركبتي ضاحكًا، على نحو زاد من خجلي وارتباكي، إلا أنني لم أستطع مقاومة لهفتي لرؤيتها، فقد مضت عدة أسابيع، منذ التقيت بها للمرة الأخيرة، وشوقي إليها يبلغ مبلغه..

ولكنني لم أتصور أن (لوجان) يشعر بهذا، وأن حبي لها مكشوف مفضوح إلى هذا الحد..

حقًا.. لقد صدق الشاعر الذي قال: "الصَّب تفضحه عيونه".

وفي منزل (لوجان)، أخرجت نموذج (التويوتا) في لهفة، وأخرجت عدستي لأفحصه في شغف، وصديقي يقول:

- إنه لا يقل روعة ودقة عن نموذج (المرسيدس).

كانت فرحتي غامرة، وأنا أفحص داخل السيارة، قائلًا:

- انظر يا (لوجان).. انظر إلى الدقة المدهشة.. أنظر إلى المقاعد الخلفية، والإطارات، والتابلوه.. يا للدقة والروعة!!

انهمك معي في فحص النموذج، قبل أن تقاطعنا صيحة مرحة:

- أنت هنا.. يا للمفاجأة!

لم أكد أسمع صوتها الرقيق الجميل، وتلك الموسيقى الأنثوية العذبة، التي تعزفها أوتار حنجرتها الناعمة، حتى نسيت النموذج ورقته، وروعة صنعه..

بل نسيت مستر (لوكاس) نفسه، وأنا ألتفت إليها، هاتفًا:

- (إيما)..

خفق قلبي في عنف، عندما لمحت تلك السعادة في ملامحها وعينيها، وهي تقبل عليَّ، هاتفة:

- كيف حالك يا (رامز)!.. اشتقت إليك كثيرًا.

لم أصدّق نفسي، مع نبرة الشوق في صوتها، واحتضنت كفها الرقيقة الممدودة نحوي بأصابعي، وغصت ببصري في بحر عينيها الزرقاوين، وغرقت فيهما بضع لحظات، قبل أن أهمس بصوت متهدَّج:

- أنا اشتقت إليك أكثر.

ارتفع حاجباها، وهي تقول في رقة مدهشة:

- حقًا!

كانت المرة الأولى، التي أدرك فيها أنها تشاركني المشاعر نفسها.

المرة الأولى، التي يخفق فيها قلبي في ثقة وسعادة..

إذن فهي أيضًا تحبني..

لقد فزت بقلبها دون أن أدري..

يدها الرقيقة، التي استكانت دافئة في كفي تقرّ بذلك..

السعادة المطلة من عينيها الجميلتين تعترف بهذا..

"احم.. أنا هنا!.."

نطقها (لوجان) بابتسامة كبيرة، فانتفض جسدي، وتركت يدها بسرعة، وتضرج وجهي بحمرة الخجل، في حين ضحكت (إيما) في بساطة، وهي تقول:

- ومن ينساك يا أفضل الآباء!

قبَّلت وجنتيه في مرح، وطبع هو قبلة حانية على جبينها، قبل أن يقول مبتسمًا:

- هل تعلمين؟.. لقد حصل (رامز) على نموذج مماثل لنموذجي الرائع.

هتفت في سعادة:- حقًا؟!.. و أين هو؟

أشار إلى النموذج، فارتفع حاجباها، وهي تقول:

- آه.. (تويوتا) قرمزية.. إنها طرازي المفضل.

ثم انحنت تفحص النموذج عن قرب، مستطردة بابتسامة كبيرة:

- إنها تشبه تماما تلك الـ.....

بترت عبارتها بغتة، وتلاشت ابتسامتها، وتراجعت في عنف، وهي تطلق شهقة قوية عنيفة..

شهقة حملت نفس الملامح، التي اكتسى بها وجهها..

ملامح الذعر..

ذعر بلا حدود..

☆ ☆ ☆

سيارتها

أدهشني موقف (إيما) بشدة..
بل يمكنك أن تقول: إنه صدمني..
لقد تراجعت في ذعر هائل، ثم مادت بها الأرض، وترنحت، فأسرعت ألتقطها بين ذراعيَّ، وأنا أهتف في ارتياع:
- (ديانا).. ماذا أصابك؟!
كانت ترتعد في انفعال عجيب، وعيناها الزائغتان تتطلعان إلى السيارة، وقد امتقع وجهها في شدة، حتى صار أشبه بوجوه الموتى، في حين تجمَّد والدها في مكانه، الهلع يرسم نفسه بأوضح صورة، على كل خلجة من خلجاته، فانقبض قلبي للموقف، ورحت أكرّر:
- ماذا حدث يا (ديانا)؟!.. ماذا حدث؟
أشارت بسبَّابة مرتجفة إلى نموذج السيَّارة، وهي تقول:
- إنها.. إنها سيارتي.
قلت في دهشة:
- سيارتك؟!
وهنا التقط (لوجان) أنفاسه في قوة، على هيئة شهقة قوية، قبل أن يقول:
- آه!.. هذا هو السبب إذن.
لم تزدني عبارته إلا حيرة وغموضًا، فهتفت في عصبية:
- أي سبب!
جفف عرقا باردًا عن جبينه، وهو يجيب:
- هذا النموذج يشبه تمامًا سيارتها، التي فقدتها منذ بضعة أشهر، واتهمت زوجها السابق بالتحريض على سرقتها.
نقلت بصري من النموذج إليها، وأنا أغمغم:
- وهل يستحق الأمر كل هذا!!.. إنه مجرَّد تشابه في الطراز واللون!
انتفضت (ديانا) بين ذراعيَّ، وتملَّصت هاتفة:
- ليس مجرَّد تشابه عادي.
ثم اعتدلت، وأشارت إلى رسم دقيق، على الباب الأيسر للسيارة، مستطردة في انفعال عجيب:
- هذا الرسم يخصني وحدي.

التقطت العدسة، ورحت أفحص ذلك الرسم البسيط، قبل أن أقول في حيرة:
- ولكنه مجرَّد رسم عادي!
هزت رأسها نفيًا في إصرار، وهي تقول:
- ليس رسمًا عاديًا أبدًا.
ثم أشارت إلى صدرها، مستطردة في حدة:
- أنا رسمته بنفسي.
ارتفع حاجبيَّ في دهشة بالغة، وعدت أحدّق في الرسم الدقيق للغاية، قبل أن أهز رأسي في قوة، قائلًا:
- مصادفة.. مجرد مصادفة بالتأكيد.
عقدت ساعديها أمام صدرها، وهي تقول في عناد:
- لست أؤمن بالمصادفات.
التقي حاجبا (لوجان) الكثين، وهو يغمغم:
- هناك تفسير حتمًا.
تطلَّعت إلى نموذج السيارة لحظات، ثم سألتها فجأة:
- كيف فقدت سيارتك؟
حاولت أن تجيب، إلا أن الانفعال جعل الكلمات تتعثر علي شفتيها لحظة، قبل أن تقول:
- تركتها في شارع قريب من ميدان (ترافلجار)، وبداخلها كلبي (ريكي)، وتغيَّبت لساعة واحدة، وعدت فلم أجد (ريكي) أو السيارة.
ولم تكد تنطق عبارتها الأخيرة، حتى انفجرت باكية، فهز (لوجان) رأسه في أسى، وغمغم:
- كانت تحب هذا الكلب بشدة، وأصابتها صدمة عصبية عندما فقدته.
تنهَّدت في شيء من التوتر، وأنا أقول:
- إذن فرؤية النموذج أعادت إليك ذكرى كلبك الصغير المفقود.
صمتت لحظة، ثم غمغمت:
- ربَّما.
واستدركت في حدة:

- ولكن وجود الرسم ليس مجرَّد مصادفة.
تبادلت مع (لوجان) نظرة حائرة، قبل أن أغمغم:
- ألديك تفسير آخر؟
قالت في صرامة:
- ربما لا يكون لدي التفسير المناسب، ولكننا سنجده لديه بالتأكيد.
عاد حاجبا (لوجان) يلتقيان، في حين سألت أنا:
- لدي من؟
ألقت نظرة متوترة على النموذج، قبل أن تجيب:
- الصانع.
وعادت تعقد ساعديها أما صدرها، مضيفة في صرامة حازمة:
- صانع اللعب..

☆☆☆

مطَّ مستر (لوكاس) شفتيه في ضيق واضح، وهو ينقل بصره بيني وبين (إيما)، من خلف منظاره الصغير السميك، قبل أن يسأل بأسلوبه الفظ الخشن:
- ماذا تريدان؟
بدا التوتر على وجه (إيما) وخُيّل إليَّ أنها ستنفجر في وجه الرجل، فأسرعت أجيب:
- نحن هنا بخصوص النموذج.
انعقد حاجباه في صرامة، وهو يقول:
- أي نموذج!
اندفعت (إيما) تجيب في حدة:
- نموذج (التويوتا) القرمزية.
أدار (لوكاس) عينيه إليَّ في بطء، ورمقني بنظرة غاضبة، قبل أن يقول في غلظة:
- ماذا عنه؟
قالت في صرامة:
- من أين حصلت عليه؟
أجابها الرجل في حدة:
- ليس هذا من شأنك.

لوَّحت بسبابتها في وجهه، صائحة:

- بل هو من شأني.. إنني أعرف هذه السيارة.

أدهشتني حدتها في التعامل مع الرجل، مع ما أعرفه عنها من رقة، وأدركت أن الأمر يثير أعصابها بشدة، ومن الممكن أن يتطور النقاش على نحو غير مرغوب، فتدخلت قائلًا:

- الواقع أنه هناك مشكلة بخصوص هذا النموذج.

لوَّح بيده في حنق، قائلًا:

- لا شأن لي بالمشكلات.. المفروض ألا تحضر أي شخص إلى هنا، إلا بعد استشارتي. أما النموذج، فلو أنك لا ترغب فيه، أعده إليَّ، واستعد نقودك.

قلت بسرعة:

- ليست هذه هي المشكلة، الواقع أن..

وقبل أن أتم عبارتي، اندفعت (إيما) تقول:

- ذلك الرسم يخصني.

تراجع مستر (لوكاس) بحركة عنيفة، وامتزج حاجباه من شدة انعقادهما، وهو يقول في دهشة بالغة التوتر:

- الرسم؟!

أجابته في عصبية:

- نعم.. ذلك الرسم الدقيق على الباب الأيسر لنموذج (التويوتا) القرمزية.. لقد رسمته بنفسي على الباب الأيسر لسيارتي، ذات الطراز واللون نفسه، ثم فقدتها فجأة، وأريد أن أعرف كيف نقلت الرسم إلى النموذج؟.. من أين حصلت عليه بالضبط؟

صمت مستر (لوكاس) تمامًا، وهو يتطلَّع إليها، وراحت أصابعه تنقر سطح مكتبه في عصبية، فكرَّرت (إيما):

- من أين يا مستر (لوكاس)؟

بدا عليه الحذر، وهو يجيب في بطء:

- ربما من صورة منشورة في صحيفة ما، أو..

قاطعته في شيء من البرود:

- لست أذكر أبدًا أن صورة سيارتي قد نشرت في أي مكان.

ابتلع مستر (لوكاس) لسانه هذه المرة، واحتقن وجهه بشدة، قبل أن يقول في خشونة عصبية فظة:

- ولا أنا أذكر شيئًا.. أنا شيخ طاعن في السن، وذاكرتي لم تعد على ما يرام.. لقد رأيت الرسم في مكان ما، ولكنني أجهل أين ومتى.

امتلأ وجهها بالغضب، ولوَّحت بسبَّابتها في وجهه، صائحة:

- اسمع أيها الرجل.. هذا الكلام يصلح لتحقيقات الشرطة، أما بالنسبة لي..

قبل أن تتم عبارتها، اندفعت أصابع قوية فجأة تقبض على معصمها، وارتفعت في المكان زمجرة غاضبة، امتزجت بشهقة الرعب والفزع، التي انطلقت من حنجرة (إيما)، وجعلتني أستدير في تحفز، لمواجهة صاحب الأصابع القوية..

ولكن الدماء تجمَّدت كلها في عروقي، عندما وقع بصره عليه..

إنه لم يكن شخصًا عاديًا..

بل كان وحشًا..

وحشا بمعنى الكلمة..

☆ ☆ ☆

صرخت (إيما) في رعب أكثر وأكثر، هي تحاول تخليص معصمها من أصابع ذلك المسخ الضخم، الذي يتجاوز المترين طولًا، ونصفها عرضًا، والذي تشوهت ملامحه على نحو مخيف، وانقلبت سحنته بشكل بشع، وهو يطلق زمجرة تلو الأخرى، فاستنفرت شجاعتي كلها، وصحت في وجهه، وأنا ألوح بقبضتي:

- اتركها يا هذا، وإلا..

قاطعني صوت مستر (لوكاس)، وهو يندفع من خلف مكتبه، هاتفًا:

- رويدك يا (بندكت).. رويدك.. إنها لم تكن تقصد شرًا.

زمجر ذلك المسخ مرة أخرى، وكادت (إيما) تفقد الوعي رعبًا، أمام نظراته المخيفة، ولكن مستر (لوكاس) كرَّر في شيء من الصرامة هذه المرة:

- اتركها يا (بندكت).

نقل المسخ نظراته إليه لحظة، ثم أفلت معصم (إيما)، التي ارتمت بين ذراعي، وراحت تبكي في حرارة، فاحتويتها في حنان، وأنا أقول في حدة:

- ما هذا يا مستر (لوكاس)؟.. يمكنني إبلاغ الشرطة نظير ما سببته لهذه المسكينة من رعب وفزع.
زمجر (بندكت) هذا مرة أخرى، في حين عدل (لوكاس) منظاره الطبي الصغير فوق عينيه، وهو يتمتم متوترًا:
- لا داعي لهذا.. (بندكت) لا يقصد شرًا.. إنه صبي طيب.
هتفت (إيما) في استهجان:
- صبي؟!
عاد مستر (لوكاس) يعدّل وضع منظاره الطبي دون داع، وهو يقول في توتر شديد:
- لا تنظري إلى حجمه.. هذا الجسد الهائل يحمل عقل صبي صغير، لا يتجاوز العاشرة من عمره.. وهذا أفضل ما يمكنه بلوغه، فهو مصاب بتخلف عقلي خلقي منذ مولده، ولم تنجح محاولات علاجه منه أبدًا.
سألته (إيما) في شيء من العصبية:
- كيف يعمل لديك إذن؟
توتر مستر (لوكاس) أكثر، وهو يقول:
- إنه لا يعمل لدي.
ثم أشاح بوجهه، مستطردًا:
- إنه ابني.
اتسعت عيوننا في ذهول، ونحن ننقل بصرينا بين مستر (لوكاس) بجسده الضئيل، وذلك المسخ العملاق الواقف إلى جواره، قبل أن تهتف (إيما):
- ابنك!؟
أومأ مستر (لوكاس) برأسه إيجابًا، دون أن ينبس ببنت شفة، وران على المتجر صمت رهيب ثقيل، ساعد على تعميقه خلو المكان من الروّاد، ثم قطعته (إيما) بغتة، وهي تسأل:
- من يصنع تلك النماذج؟
حدَّق في وجهها بدهشة، فتابعت في صرامة، وهي تشير إلى الدمى البسيطة، التي اشتهر بصنعها:
- لا تحاول إقناعي بأن شخصًا مثلك، اشتهر بصنع الدمى والنماذج الخشبية البسيطة، يمكن أن يكتسب بغتة موهبة مدهشة، فيصنع تحفًا كهذه، في يوم وليلة.
احتقن وجه مستر (لوكاس) في شدة، وهي تميل نحوه، مستطردة:

- من صانع اللعب الحقيقي يا مستر (لوكاس)؟
خُيل إلي أن سحابة كثيفة من الصمت قد هبطت على المكان، وغمرته لدقيقة أو يزيد، قبل أن يجيب مستر (لوكاس) في صرامة:
- ليس هذا من شأنك.
توقعت أن تنفجر (إيما) في وجهه غاضبة، إلا أنها تراجعت في هدوء أدهشني، وهي تقول:
- فليكن.. اخف الأمر كما شئت يا مستر (لوكاس)، ولكنني أعدك أن أتوصل إلى الحقيقة، وإلى السر الذي تخفيه خلف هذه النماذج الدقيقة، وعندئذ..
لم تتم عبارتها..
ولم تكن بحاجة إلى هذا..
لقد تركت المعنى واضحًا، معلقًا في سماء الحجرة، وهي تستدير وتغادر المتجر في كبرياء مثير، فتبعتها في صمت، وقد بدا لي أنني أراها لأول مرة، وأكشف جوانب من شخصيتها التي لم أنتبه إليها من قبل قط..
ولم تكد سيارتي تنطلق بنا مبتعدة، حتى قلت، وأنا اختلس النظر إليها:
- لقد تعاملت مع الرجل بصرامة شديدة.
أجابتني في توتر:
- كان يستحق هذا.
ثم غاصت في مقعدها، مستطردة:
- ولو أردت رأيي، فهذه النماذج البالغة الدقة تخفي خلفها جريمة ما.
والتفتت إلى، مضيفة في حزم:
- جريمة كبري.
وعادت تغوص في مقعدها أكثر وأكثر..

☆☆☆

"إنك تبالغين كثيرًا يا (إيما)..."
هتف (لوجان) بالعبارة، بعد أن استمع إلينا طويلًا في صبر، ثم استطرد بابتسامة كبيرة كعادته:
- ربما يخفى مستر (لوكاس) عملًا غير قانوني، خلف عملية صنع وبيع هذه النماذج المدهشة.. خداع لدائرة الجمارك، أو تهرب ضريبي على الأرجح، ولكن الأمر لا يصل إلى حد الجريمة الكبرى.

قالت في اهتمام:
- لماذا يخفي، وبإصرار، اسم صانع الحقيقي إذن؟
لوَّح (لوجان) بيده، وهو يقول:
- هناك ألف سبب لهذا.
ثم مال نحو ابنته، واستطرد مبتسمًا:
- يبدو أن عملك في صفحة الجريمة قد ملأ عقلك بخيالات لا حصر لها، ورحت ترين الجرائم الكبرى خلف كل عمل..
انعقد حاجباها في ضيق، وهي تقول:
- هناك أمر آخر.
سألها في اهتمام.
- وما هو؟
أشارت إلى صدرها، قائلة في حسم:
- غريزة الأنثى.
ارتفع حاجباي في دهشة، في حين انفجر (لوجان) مقهقها في مرح أغضبها، قبل أن يلوّح بكفيه، قائلًا:
- إنه عامل شديد الأهمية والخطورة بالفعل، ولكن المشكلة أن المحاكم البريطانية كلها لا تعترف به كدليل حاسم.
هتفت معترضة:
- أبي.. هل تسخر مني؟!
هزَّ رأسه نفيًا في بطء، وهو يجيب:
- أبدًا.. إنني أحاول إعادتك إلى أرض الواقع فحسب.
صمتت لحظات، وهي تعقد حاجبيها في غضب، ثم نهضت قائلة:
- فليكن.. هل يمكنك أن تقلني إلى منزلي يا دكتور (رامز)؟
هتفت في سرعة وحماس:
- بالطبع.
غادرنا منزل والدها معًا، دون أن نتبادل إلا أقل الكلمات، ولاذت هي بالصمت التام، طوال الطريق إلى منزلها، وهي غارقة في بحر من التفكير العميق، ولكننا لم نكد نبلغ المنزل، حتى التفتت إليَّ، وقالت:
- دكتور (رامز).. هل تهتم حقًا لأمري؟
باغتني السؤال، وجعل أطرافي ترتجف، ولكنني أجبتها في حماس:
- أكثر مما تتوقعين.

مالت نحوي، وسألتني في تردّد:

- هل يمكنك أن تفعل شيئًا من أجلي إذن؟

أجبت في حسم واثق:

- أي شيء تطلبينه..

وهنا تراجعت في ارتياح، قائلة:

- فليكن.. اصحبني الليلة إذن إلى زيارة سرية..

تراجعت، قائلًا في دهشة:

- زيارة سرية؟!.. إلى أين؟

تطلّعت إلى عيني مباشرة، وهي تجيب:

- إلى متجر مستر (لوكاس)، صانع اللعب.

وكانت مفاجأة لي..

مفاجأة عنيفة.

اقتحام

تصاعد الانفعال في أعماقي كثيرًا في تلك الليلة، وأنا أجلس في انتظار وصول (إيما)، وبذلت جهدًا غير عادي، للسيطرة على تلك القشعريرة الباردة، التي تسري في أوصالي من فرط التوتر، على الرغم من جلوسي أمام المدفأة، منذ غروب الشمس.

كان ما تبتغية (إيما) يصيبني بمزيج من الذعر والخوف والقلق، لم يعد يتناسب مع ذلك الشيب الذي وخط فوديَّ، وسرى في خصلة كبيرة في منتصف جبهتي..

كيف يمكن لأستاذ جامعي وقور مثلي أن يخوض تجربة كهذه، فيقتحم متجرًا بعد منتصف الليل، وهو يرتدي حذاءً مطاطيًا، ويحمل في يده مصباحًا يدويًا، ليبحث عن شيء يجهل ماهيته بالتحديد؟!

ماذا لو كانت هناك أجهزة إنذار، أو كاميرات مراقبة؟!..

وماذا لو كشفت الشرطة أمرنا؟!..

راحت عشرات الهواجس والأفكار تعربد في رأسي، وأنا أراقب عقارب الساعة، وأكاد أتوسَّل إليها ألا تمضي في سبيلها إلى منتصف الليل، حتى لا أضطر لخوض تلك المغامرة، غير مأمونة العواقب، مع (إيما)، التي أعجز عن رفض مطلبها..

ولكن العقارب راحت تعاندني، فتسابقت مع بعضها، وأخذت تلتهم الوقت التهامًا في شراهة، كما يحدث في مثل هذه الظروف، وبدت وكأنها تخرج لي لسانها شامتة، عندما التقت عند قمة الساعة، التي ارتفعت دقاتها تعلن تمام منتصف الليل..

وفي اللحظة نفسها، ارتفع رنين جرس الباب..

وعلى الرغم من أنني كنت أنتظر قدوم (ديانا)، في هذا الموعد بالتحديد، إلا أن جسدي انتفض كله في عنف، مع رنين الجرس، وهرعت إلى الباب وأنا أرتجف، وفتحته ليطالعني وجهها الرقيق الجميل، وهي تقول في حماس:

- هل تأخرت؟

أجبتها بسرعة:

- بل وصلت في موعدك تمامًا.

كانت تبدو فاتنة، وهي ترتدي صديرية من الصوف السميك الداكن، وسروالًا من اللون نفسه، وتغطي شعرها الناعم الطويل بطاقية من نفس نوع الصوف، الذي صنعت منه قفازين، اختفى داخلهما كفاها الرقيقين.. وحاولت دعوتها للدخول، وكأنني أسعى لإضاعة، بعض الوقت، ولكنها أجابتني في حماس:

- بل دعنا ننطلق على الفور.. لن أطيق الانتظار.

خرجت معها وأنا أسب وألعن ذلك الحب، الذي يجبر المرء أحيانًا على التخلي عن الكثير من عاداته وأنماطه، وأدهشني ذلك التناقض في مشاعرنا، فهي تنطلق نحو المتجر في لهفة، وكأنها في طريقها إلى نزهة طريفة، في حين يبدو لي الأمر وكأنني في طريقي إلى حجرة الإعدام.. ولكن أيًا كان التناقض بيننا، فقد وصلنا إلى المتجر، بعد منتصف الليل بعشرين دقيقة بالتحديد.

وكانت المنطقة كلها صامتة وساكنة تمامًا، في هذا الوقت المتأخر، وذلك الطقس الرديء، فأوقفنا السيارة بعيدًا، وتسللنا إلى الشارع الخلفي، وسألتها هامسًا:

- كيف يمكننا الدخول.

غادرت السيارة، وهي تقول في حماس:

- اتبعني.

تحركت في خفة نحو نافذة جانبية، وأخرجت من جيبها مدية سويسرية، دفعت نصلها تحت الرتاج العتيق، ثم رفعت النافذة في يسر، قائلة:

- هل يمكنك القفز عبر النافذة؟

هتفت في دهشة:

- كيف فعلت هذا؟!

أجابت وهي تعبر النافذة في جرأة:

- الصحفي يجيد مهارات شتى بالضرورة.

تردَّدت، وأنا أسألها في قلق:

- ألا تخشين وجود أجهزة إنذار؟

ضحكت قائلة:

- هل رأيت في حياتك كلها متجر لعب بسيط، يضع أجهزة إنذار؟

تردَّدت لحظة، ثم تبعتها إلى الداخل، وقلبي يخفق في عنف، وخيل إلى أن كل الدمى المحيطة بي تحدق في، وأن الشرطة ستطبق على المكان

بعد لحظات، وتحيط معصمي بالأغلال، وتصوَّرت مانشيتات الصحف..

"أستاذ جامعي يضبط متلبسًا بسرقة متجر لعب عتيق.."

وعلى عكس تمامًا، كانت (إيما) تتحرك في المكان، بجرأة مدهشة، وهي تسألني في اهتمام:

ـ أين يحتفظ بالنماذج؟

أشرت إلى الممر الذي يقود إلى القبو، وأنا أجيب:

ـ هناك.

اتجهت في خطوات واسعة نحو الممر، وأنا أهمس في توتر شديد:

ـ ولكن هناك رتاج كبير، وقفل ثقيل، على باب الحجرة، التي يحتفظ فيها بالنماذج.

غمغمت في اهتمام:

ـ لا تقلق.. ربما أمكنني التعامل مع ذلك القفل.

سألتها متوترًا في عصبية:

ـ ما طبيعة عملك بالضبط؟!... أأنت واثقة أنه يتعلَّق بالصحافة، وليس...

قاطعتني في خفوت:

ـ قلت.. ربما.

ولم تكد تتم كلمتها، ونحن نتحرك نحو الممر، حتى انفتح باب المتجر الخلفي، وسمعنا صوت سعال مستر (لوكاس)، ووقع أقدام ثقيلة، من الواضح أنها تخص ابنه العملاق.

ثم اشتعلت الأضواء بغتة، و..

وغمرتنا تمامًا..

☆ ☆ ☆

لا يمكنني أن أدعي أنني كنت رابط الجأش، أو متمالك الأعصاب، عندما غمرتنا الأضواء معًا، ونحن داخل المتجر..

الواقع أن جسدي كله انتفض في هلع، وكدت أصرخ مذعورًا، وأرفع يدي مستسلمًا، ولكن من حسن حظي أن الرعب جمَّدني تمامًا في تلك اللحظة، لأسمع (إيما) تهمس في انفعال:

ـ لا يمكنهما رؤيتنا، من هذه الزاوية.

انتزعتني عبارتها من رعبي وجمودي، وعاد النشاط إلى أطرافي بغتة، فأسرعت أتوارى خلف طاولة عرض كبيرة، وأنا أهمس:

- تعالي هنا.
لحقت بي (إيما)، ورحنا نختلس النظر، عبر فرجة ضيقة، إلى مستر (لوكاس) بقامته الضئيلة وظهره المنحنى، وهو يدلف إلى المكان مع ابنه (بندكت)، بسحنته المقلوبة دائمًا، وحجمه الهائل، وكان الأخير يحمل صندوقًا متوسط الحجم، والسعادة تبدو واضحة على وجهه المخيف، في حين كان والده يقول:
- نعم.. نموذج آخر جديد، يضاف إلى المجموعة يا (بندي).. لقد بعنا حتى الآن عشرة من هذه النماذج، وحصلنا على خمسين ألف جنيه.
لوَّح (بندكت) بيده، وهمهم بشيء أشبه بزمجرة عصبية، فهز مستر (لوكاس) رأسه نفيًا، وقال في أسى:
- كلًا للأسف.. لم نصل بعد إلى المبلغ الذي طلبه ذلك الطبيب الأمريكي، ليجري لك تلك الجراحة.
بدا الحزن على وجه (بندكت)، فرسم (لوكاس) على وجهه ابتسامة، وهو يعود للتربيت عليه، قائلًا:
- لا.. لا تغضب.. عشرة نماذج أخرى، ونحصل على المبلغ.. أنت تعرف هواة جمع هذه النماذج.. إنهم من الحماقة بحيث لن يستطيع الواحد منهم منع نفسه، من الحصول على أكثر من نموذج، على الرغم من السعر، المرتفع.
انعقد حاجباي غضبًا لعبارته، ولوَّحت بقبضتي في عصبية، ولكن (إيما) أمسكت كفي وضغطته في رفق حنون، وكأنها تواسيني، فسرى الدفء في جسدي كله بغتة، واختلج قلبي اختلاجة لم يفعل مثلها في عمره كله، حتى كدت أتجاهل ذلك الموقف الدقيق، ووجود (لوكاس) ووحشه الصغير، وأرفع يدها الرقيقة إلى شفتي، لألثمها ما تبقى من الليل.
ولكن شيئًا آخر جذب انتباهي بشدة..
لقد راح (بندكت) يشير إلى الصندوق الذي يحمله، ويلوّح بيده، ويتقافز على نحو عجيب، وهو يهمهم بزمجراته الخافتة، ويهز رأسه في بطء، وكأنما يتوسل لوالده أن يسمح له بفتحه..
وفي شيء من الضجر، أشار له (لوكاس)، قائلًا:
- لا بأس يا (بندي).. لا بأس.. يمكنك أن تلعب به قليلًا.
تهلَّلت أسارير الوحش الصغير، وراح يفتح الصندوق في لهفة، ثم أخرج منه نموذجًا مدهشًا، لسيارة من طراز (بورش)، وحمله في عناية،

ليضعه فوق مائدة كبيرة، وهو يطلق أصواتًا غريبة، ويهتز في طرب مدهش..
وبابتسامة حنون، قال له (لوكاس):
- المهم أن تحافظ عليه جيدًا.. إننا نحتاج إلى كل نموذج.
كان قلبي ينبض في عنف، وأنا أراقب النموذج، في يد ذلك الصبي العملاق، الذي يلعب به في سعادة، كما لو كان لعبة عادية بسيطة، ووالده يراقبه في صمت..
وفجأة، انحنى (بندكت)، وحدَّق في النموذج في دهشة بالغة، قبل أن يلقيه فوق المائدة، ويتراجع مطلقًا ما يشبه الصرخة، فاندفع إليه (لوكاس)، هاتفًا:
- ماذا هناك؟
كان (بندكت) يولينا ظهره، ويخفي نصف المائدة بجسده الضخم، فلم نر ذلك الشيء، الذي اتسعت عينا (لوكاس) وهو يحدّق فيه، ويهتف:
- ياللشيطان!.. كيف وقعنا في هذا الخطأ؟!.. إنها المرة الثانية، التي يحدث فيها هذا.
كاد الفضول يقتلنا، ونحن نتابع ما يفعله، في محاولة لرؤية النموذج من زاوية أفضل، حتى أن (إيما) غامرت برفع رأسها فوق مستوى طاولة العرض، فجذبتها إلى أسفل، وأنا أهمس في عصبية:
- هل جننت؟.. لو لمحك أحدهما ستكون العاقبة وخيمة؟
ولكن لهفتها وفضولها الصحفي كانا يشتعلان، وهي تسألني:
- ما الذي تظنهما وجداه في ذلك النموذج؟
غمغمت وأنا أشد منها لهفة وفضولًا:
- من يدري؟.. انتظري وسنرى.
وفجأة، حدث اضطراب ما عند المائدة، وبدا من حركة رأس (لوكاس) وابنه، أنهما يتابعان جسمًا متحركًا فوقها، وهتف الأوَّل:
- أوقفه يا (بندي).. لا تسمح له بالفرار.
تحَّرك رأس (بندكت) لحظات في توتر، وانطلقت من حلقه زمجرة عصبية، ثم رفع قبضته بغتة، وهوى بها على المائدة، فصرخ (لوكاس):
- لا.. ليس هكذا.
ولكن (بندكت) أصيب بحالة هياج عجيبة، فراح يضرب المائدة بقبضته مرات ومرات، و (لوكاس) يصرخ، محاولًا إيقافه:

- كفي يا (بندي).. كفى.. كفى.
هتفت (إيما)، وقد بلغ منها الفضول مبلغه:
- ماذا يحدث؟!.. ماذا يحدث؟!
أمسكت بها في قوة، محاولًا السيطرة على انفعالها الجارف، قبل أن يتسبب في كشف أمرنا، وأنا أقول:
- رويدك.. رويدك.. ربما هو فأر صغير، تسلَّل خفية إلى النموذج.
لم يكن قولي محض تخمين فحسب، وإنما كان نوعًا من الاستنتاج المنطقي، الذي ارتبط بحركة رأسيهما، وبتلك الدماء التي لوثت قبضة (بندكت)، الذي بدا مضطربًا في شدة و (لوكاس) يقول في انفعال:
- ما كان ينبغي أن تفعل ذلك أبدًا.. أبدًا.
خفض (بندكت) رأسه، وهو يهمهم بكلمات خافتة غير مفهومة، فتنهَّد (لوكاس) في قوة، وقال:
- فليكن.. ما حدث قد حدث.. إنه القدر.
ثم التقط مظروفًا، واستخدم قطعة مفلطحة من البلاستيك، ليدفع بقايا ذلك الشيء، الذي سحقته قبضة ابنه داخل المظروف، وألقاه في صندوق قمامة قريب، وعاد يربت على ظهر ابنه، قائلًا:
- هيَّا.. لا تبتئس هكذا.. سنضع النموذج مع أقرانه، ثم نعود إلى المنزل.
نهض العملاق الصغير، وسار خلف والده مخفض العينين، نحو القبو، حيث يحتفظ مستر (لوكاس) بنماذجه المتقنة.
وفجأة، وقبل أن أنتبه لما يحدث، غادرت (إيما) مكانها، واندفعت نحو صندوق القمامة، فانتفض جسدي، وأنا أهتف:
- ماذا تفعلين؟
لست أدري ما الذي دفعها إلى تلك المخاطرة في الواقع، ولكن يبدو أن فضولها الصحفي الأنثوي لم يحتمل الانتظار، حتى ينصرف (لوكاس) وابنه، لتعرف ما يحويه ذلك المظروف، أو أنها خشيت أن يتخلَّصا من صندوق القمامة كله عند انصرافهما..
المهم أنها فعلت ما فعلت..
وأنني هتفت بالعبارة السابقة..
المشكلة الوحيدة هي أنني هتفت بها في صوت مرتفع..
مرتفع أكثر من اللازم..

مرتفع إلى الحد الذي بلغ مسامع (لوكاس) وابنه، فالتفتا نحونا في دهشة وانزعاج وهتف (لوكاس):

- يا للشيطان!.. ماذا تفعلان هنا؟!

ولم يكد ينطقها، حتى أطلق (بندكت) زمجرة مخيفة، واندفع نحونا.. وفي حركة واحدة تقريبًا، اختطفت (إيما) المظروف، من صندوق القمامة، وانطلقت تعدو نحو الباب، وأنا خلفها، و(لوكاس) يصرخ:

- أوقفهما يا (بندي).. أوقفهما..

كنا نعدو في رعب هائل، وكأنما تطاردنا شياطين الجحيم كلها، وقفزت (إيما) تفتح باب المتجر الخلفي، وهي تصرخ:

- أسرع.. أسرع.

عبرت الباب خلفها مباشرة، وصفقته في وجه (بندكت)، الذي أطلق صيحة ألم غاضبة، ونحن نجري بكل قوتنا، محاولين عبور الشارع، وبلوغ السيارة، قبل أن يصل إلينا ذلك الوحش، وهتفت أنا منزعجًا ومذعورًا:

- كنت أعلم أن هذا سيحدث.. كنت أعلم.

لم أكد أتم عبارتي، حتى تعثرت (إيما) فوق الأرض المغطاة بالثلوج، وسقطت على وجهها، وسقط منها المظروف أرضًا، فاستدرت لأعاونها على النهوض، في حين اندفعت هي محاولة استعادة المظروف، ولكنها لم تكد تمسك طرفه، حتى سقطت فوقه قدم (بندكت)، الذي أطلق زمجرة رهيبة، كادت تتجمد لها الدماء في عروقي، وشهقت لها (إيما) في ارتياع، فهتفت بها، وأنا أجذبها في قوة:

- ابتعدي.. اسرعي.

كان الموقف شديد التوتر، و(لوكاس) يقفز خارج متجره، ويهتف:

- المظروف يا (بندي).. استعد المظروف.

وكنت مستعدًا في تلك اللحظة، للتخلي عن أي شيء في الدنيا، مقابل الفرار من ذلك الوحش الآدمي، وبلوغ سيارتي، إلا أن أصابع (إيما) لم تفلت طرف المظروف أبدًا، وتشبثت به كما لو كان أملها الأخير في الحياة، فجذبتها بكل قوتي، صارخًا:

- اتركيه.. اتركيه بالله عليك.

ومع جذبتي القوية، تمزّق المظروف..

وصرخت (إيما) وهي تتشبث بجزء ضئيل منه، ولكنني واصلت جذبها في إصرار، ورحت أعدو بها نحو السيارة، في حين توقف (بندكت)، وانحنى يلتقط الجزء الأكبر من المظروف، مما منحنا فرصة كافية لبلوغ السيارة، وإدارة محركها و(إيما) تهتف في عصبية:

- ينبغي أن نستعيد ذلك المظروف.

صحت بها، وأنا أراقب (بندكت)، الذي استعاد المظروف، وعاد يعدو نحو السيارة:

- اصمتي.

ومع صيحتي، وثب (بندكت) نحونا..

وضغطت دوَّاسة الوقود بكل قوتي، ولكن العملاق الوحشي تعلَّق بالسيارة من الخلف، على الرغم من انطلاقها، فرحت أجره خلفي، وهو يطلق زمجرته المخيفة، التي امتزجت بصرخات (إيما):

- أسرع.. أسرع بالله عليك.

ولكني ضغطت فرامل السيارة بغتة، فارتطم (بندكت) بمؤخرة حقيبتها في عنف، وأطلق زمجرة غاضبة، وأنا أعود الضغط دوَّاسة الوقود، وأنطلق بالسيارة بأقصى سرعة، بعد أن أفلتتها قبضته..

ولثوان، ابتعدت السيارة وسط الشوارع الخالية، تاركة (بندكت) والمنطقة كلها خلفها..

ثم فجأة، انفجرت (إيما) باكية..

كان من الواضح أن الوقت قد حان، لتفرغ شحنة التوتر والانفعال، التي امتلأ بها كيانها في تلك الليلة..

ولم أحاول منعها من البكاء..

لقد تركتها لتسكب شجونها كلها مع عبراتها، حتى انتهت تمامًا، وجففت دموعها، وهي تقول:

- ما كان ينبغي أن أورطك معي هكذا..

أردت أن أجاملها بعبارة رقيقة، أو أنطق بشيء ما يخفف من حدة الموقف، إلا أنني فوجئت بنفسي أندفع قائلًا:

- وأية ورطة!.. لقد رآنا الرجل في وضوح، تحت الأضواء الساطعة داخل متجره، وهو يعرفني جيدًا، ولا شك في أنه قد التقط رقم سيارتي، ولن يكون من العسير عليه أن يبلغ الشرطة باسم من اقتحم المتجر.. غمغمت في توتر:

- هذا لو فعل.
التفت إليها، أسألها في دهشة:
- ولماذا تتصوَّرين أنه لن يفعل؟
رفعت قبضتها إليَّ، قائلة:
- هذا يتوقف على نتائج الفحص.
قالتها، وفتحت قبضتها، التي استقر فيها ذلك الجزء الضئيل من المظروف الذي تلوث بالدماء، واحتوى على قليل من مادة تشبة اللحم.. اللحم المفري..

☆☆☆

"خطأ.. ما فعلتماه أكبر خطأ.."
صرخ (لوجان) بالعبارة في وجهينا في غضب، بعد أن استمع إلى قصتنا، في الثانية والنصف صباحًا، وراح يلوّح بذراعيه، مستطردًا في حدة:
- اقتحام ممتلكات خاصة بدون وجه حق، وسرقة مظروف يخص الغير، وتعريض حياة مريض عقلي للخطر.. كلها جرائم تستحق العقاب.
قالت (ديانا) في خفوت:
- كان من الضروري أن أبحث عن تفسير..
صاح بها غاضبًا:
- هناك ألف وسيلة قانونية لهذا، بدلًا من التورط في أعمال مخالفة للقانون، كما يفعل اللصوص والمجرمون.. ماذا لو أبلغ الرجل الشرطة بالفعل.
أجابته في توتر:
- لو فعل، سأعترف بأنني كنت مخطئة.
تطلَّع إليها في دهشة، قائلًا:
- ماذا تعنين؟
أجابته في عصبية:
- أعني أنه لو كان مستر (لوكاس) هذا واثقًا من أنه لم يرتكب أية أعمال مخالفة للقانون، فسيسارع بإبلاغ الشرطة، عن أولئك الذين اقتحموا متجره عنوة، وسرقوا جزءًا من مظروف، ألقاه في صندوق القمامة، أما

لو كان عمله ينطوي على خطأ ما، فسيحرص على كتمان الموقف، ولن يبلغ الشرطة.
صمت (لوجان) لحظات، وكأنه يدرس موقفها ومنطقها، ثم قال في حدة:
- هذا ليس دليلًا.. البعض يفضلون عدم إبلاغ الشرطة، للحفاظ على سمعة المتجر.
ضحكت في عصبية، وهي تقول:
- أية سمعة؟!.. هل نسيت أنني صحفية قديمة؟.. لقد تحريت عن ذلك المتجر، وعلمت أنه لم تكن له أبدًا أية سمعة، و(لوكاس) هذا بالذات لم يبد أية مواهب، طوال نصف قرن، هي عمر متجره، فكيف أصبح عبقرية فذة هكذا فجأة، وراح يصنع نماذج مذهلة للسيارات.
عقد (لوجان) حاجبية الكثين، وهو يقول:
- ليس من الضروري أن يكون هو صانعها.. المهم أنه الشخص الذي يبيعها، والقانون لا يحظر هذا، ولا يحظر أيضًا حفاظه على سرية اسم الصانع.
رفعت يدها إليه بذلك الجزء من المظروف، قائلة:
- وماذا عن هذا؟
تعلَّقت عيناه لحظة بالجزء الملوَّث بالدماء، ثم قال:
- ماذا عنه؟
قالت في لهجة أقرب إلى الضراعة:
- هل يمكنك أن تفحصه.. من أجلي؟
صمت لحظات، قبل أن يقول في حزم:
- فليكن.. سأقوم بفحصه، ولكن هذا سيكون آخر ما نفعله بخصوص هذه القضية.. آخره على الإطلاق.
لم تعترض (إيما) على قوله هذه المرة، ولكن شيئًا ما في أعماقي جعلني أشعر أن ذلك الفحص لن يكون نهاية البحث..
لن يكون كذلك أبدًا

☆☆☆

الخوف

لم أحصل على قدر كاف من النوم، في تلك الليلة..

أو بمعنى أدق، لم أنعم بالنوم قط..

لقد قضيت الساعات القليلة المتبقية من الليل، وذهني يراجع الأحداث كلها، متصورًا أن الشرطة ستقتحم منزلي في أية لحظة، وتلقي القبض عليَّ، بتهمة اقتحام متجر مستر (لوكاس) ورحت أتقلب في فراشي كالمحموم، وألعن نفسي ألف مرة، لأنها طاوعت نداء الحب، وورطتني في تلك المغامرة السخيفة مع (إيما)..

ولكن جانبًا مني كان يشعر بشيء من السعادة، على الرغم من كل هذا.. السعادة، لأنها لجأت إليَّ أنا بالذات.

لأنني قضيت معها كل هذا الوقت، حتى ولو كنا داخل متجر لُعب عتيق، وبشكل غير قانوني.

ومع مرور الوقت، راحت صورتها تملأ ذهني، وتزيح عنه الكثير من توتره وانفعاله، واسترجعت مشاعري تلك اللحظة، التى ضغطت فيها يدي، بكل رقتها وحنانها، فسرى في جسدي دفء لذيذ، كاد يبعث الخدر في أعماقي، ويقودني إلى نوم ممتع، لولا أن ارتفع رنين المنبه في اللحظة ذاتها، ليعلمني في قسوة أن موعد استيقاظي قد حان، وأن محاضراتي ودروسي العملية تنتظرني في الجامعة..

ولأوَّل مرة، منذ فترة طويلة، لم أتناول قدح القهوة المعتاد في الصباح، حتى لا يزيد أعصابي توترًا، وانطلقت على الفور إلى الجامعة، وأنا أتلفت حولي طوال الوقت، في انتظار ظهور رجال الشرطة، الذين سيلقون القبض عليَّ.

حتى ذلك الشرطي البدين الطيب، الذي يقف أمام الجامعة، أثار شيئًا من الذعر في نفسي بزيه الرسمي، وهو يلقي عليَّ تحية الصباح، وابتسامته الودود تلتهم وجهه كله كالمعتاد، وتصوَّرت أنه سيتقدَّم نحوي، ويضع يده على كتفي، قائلًا في بساطة:

- مستر (رامز).. يؤسفني أن ألقي القبض عليك.

وكان من الطبيعي أن تنخفض قدرتي على التركيز كثيرًا في ذلك اليوم، حتى أنني بذلت جهدًا خرافيًا لإلقاء محاضرة حول أشعة الليزر، وشعرت

أنها خرجت ضعيفة مشوشة، فوعدت طلبتي بإعادتها على مسامعهم مرة أخرى، متعللًا بإصابتي بنوبة أنفلونزا، تمنعني من التركيز..
ولقد تقبَّل معظم الطّلاب قراري هذا بارتياح، في حين راح البعض منهم يلقي أسئلة شغوفة، حول قدرات وإمكانيات أشعة الليزر، ثم سألتني طالبة من أكثر الطلاب تفوقًا:
-هل يمكننا أن نعتبر أشعة الليزر من أقوى وأفضل أنواع الأشعة، المعروفة في عالمنا هذا؟
هززت رأسي نفيًا، وأنا أجيبها، محاولًا تجميع شتات ذهني:
- لا يوجد ما يمكن أن نطلق عليه (أقوى وأفضل أنواع الأشعة المعروفة)، فهناك أنواع مختلفة من الأشعة، وكلها قوية ومفيدة، طبقًا للغرض من استخدامها، والنتائج المنشودة منها، مثل أشعة (ألفا) و(بيتا)، والأشعة (تحت الحمراء) و(فوق البنفسجية) والسينية، أو أشعة (رونتجن)، وكذلك الأشعة (الكونية).. المهم هو ماذا تريد، وماذا يمكن أن يفيدنا أكثر فيما نريد.
سألتني مرة أخرى:
- لماذا تبدو أشعة الليزر أكثر فائدة في العلم الحديث إذن؟
أجبتها في شيء من الضجر:
- ربما لأنها الأكثر استخدامًا في الأجهزة الصوتية والمرئية، والأكثر شيوعًا في الاستخدامات الصناعية، و...
فجأة، انحبست الكلمات في حلقي..
لقد رأيت ذلك الشرطي البدين عند باب القاعة، يشير إليَّ بيده، ووجهه مازال يحمل تلك الابتسامة البلهاء..
إذن فقد حدث ما كنت أخشاه..
لقد أبلغ مستر (لوكاس) الشرطة التي أتت لإلقاء القبض عليَّ..
واعتصرت قبضة باردة كالثلج قلبي، وأنا أحدّق في ذلك الشرطي، وأتخيَّل موقفي المؤسف، والشرطة تقتادني في ساحة الكلية، والأغلال تحيط بمعصمي، و..
"دكتور (رامز).. إنني أتحدَّث إليك..!"
انتبهت على صوت الطالبة، فالتفت لأجدها تتطلَّع إليَّ في حيرة، قائلة:

- إنك لم تكمل الجواب.
حدَّقت فيها لحظة، في شرود عجيب، قبل أن أقول في توتر:
- معذرة.. إنني أشعر ببعض الإعياء.. سأجيب أسئلتك فيما بعد.
وتركتها متجهًا إلى حيث يقف ذلك الشرطي، وبدت لي قدمي وكأنهما داخل غلاف من الصلب الثقيل، وأنا أجرهما جرًا إلى باب القاعة، وهو يواصل الابتسام، ويتابع حركتي البطيئة نحوه في هدوء مستفز، حتى أصبحت أمامه مباشرة، فقلت بصوت أشد شحوبًا من وجهي:
- أنت تريدني.. أليس كذلك؟!
اتسعت ابتسامته أكثر وأكثر، وهو يجيب:
- بالتأكيد.
ومدّ يده نحوي، فانهارت أعماقي، ومددت له يدي، ليحيط معصمي بالأغلال، إلا أنني فوجئت به يضع شيئًا معدنيًا في راحتي، فهتفت في دهشة:
- ما هذا؟
أجابني بابتسامته الكبيرة:
- نسيت مفاتيح سيارتك في بابها.
حدَّقت في سلسلة المفاتيح في راحتي، قبل أن أهتف:
- فقط.
أومأ برأسه إيجابًا، وقال:
- إنه ليس بالأمر البسيط يا دكتور (رامز).. كان من الممكن أن يلمحها لص ما، ويسرق السيارة كلها، و..
لم أصدق نفسي، وهتفت أقاطعه في سعادة:
- يا إلهي!.. أشكرك يا (ألبرت).. أشكرك كثيرًا.
بدت عليه الدهشة، وأنا أشد على يده بتلك الحرارة، ثم عاودته نوبة الابتسامة، وهو يرفع قبعته الرسمية، قائلًا:
- لم أفعل سوى واجبي.
شعرت بارتياح شديد، وأنا أنصرف من الكلية، في منتصف النهار، بعد أن مضى كل هذا الوقت، دون أن يحدث أي شيء، وتذكرت تأكيد (إيما) على أن مستر (لوكاس) لن يحاول إبلاغ الشرطة، وتساءلت عن تلك

الحاسة السادسة التي تتمتع بها كل أنثى، وتجعلها قادرة على استنباط أمور بعينها.

ومجرد التفكير في (إيما)، أعاد إلى جسدي ذلك الشعور الممتع بالدفء، على الرغم من البرودة الشديدة للطقس في الخارج، وتمنيت لو أنني التقيت بها ثانية، وقضيت بصحبتها بضع ساعات، حتى ولو اقتحمنا معًا مجلس العموم البريطاني هذه المرة..

وفجأة، خفق قلبي في عنف..

لقد رأيت سيارتها أمام منزلي، فأسرعت أوقف سيارتي خلفها، وهبطت منها في لهفة، وأسرعت إليها، وهتفت في سعادة:

- يا للمفاجأة!.. لم أتوقع زيارتك هذه!

ابتسمت من داخل سيارتها، ولوّحت لي بيدها، ثم غادرت السيارة، وصافحتني وهي تقول في جدية:

- الرجل لم يبلغ الشرطة.

غمغمت، وأنا أقودها إلى منزلي، وأحمل عنها حقيبتها الكبيرة:

- أعلم هذا.

جلسنا معًا في حجرة الاستقبال، حيث ازدحمت الجدران بنماذج السيارات المختلفة، وهي تقول:

- هل تعلم.. لقد أجريت بعض التحريات حول الأمر.

سألتها في اهتمام:

- أي نوع من التحريات؟

مالت إلى الأمام، وبدت لي شفتيها جميلتين للغاية، وهي تجيب:

- تحريات صحفية.

ثم شبكت أصابعها أمامها، وتابعت في حماس واضح:

- تقارير الشرطة تؤكد وجود زيادة ملحوظة في حوادث سرقة السيارات في الشهور الأخيرة.

لم أفهم علاقة هذا بنماذج مستر (لوكاس)، فتراجعت في مقعدي، وسألتها في شيء من الحيرة:

- ما الذي يملأ رأسك بالضبط يا (إيما)؟

أجابتني في جدية شديدة:

- فكرة مجنونة، ولكنها تتناسب مع كل الأحداث.

ازدرات لعابي في قلق، وأنا أسأل:
- مجنونة إلى أي حد؟!
استعادت حماسها، وهي تقول:
- أعتقد أنه هناك فنان مجنون، يقوم بصنع هذه النماذج الممتازة، ولكي يتقن عمله إلى حد الكمال، يقوم بسرقة السيارات، وتقليد كل جزء منها بمنتهى الدقة.
أدهشني ذلك التفسير، الذي توصَّلت إليه، وبدا لي، على الرغم من غرابته، منطقيًا إلى حد كبير، وخاصة مع ما نقرأ عنه يوميًا، من أخبار الفنانين وجنونهم، وتلك الأساليب العجيبة، التي يلجئون إليها أحيانًا، أو ترتبط بشخصياتهم غير النمطية ولكنني سألتها:
- ولكن لماذا ظهر ذلك الفنان الآن فقط؟!.. كيف لم نسمع عنه من قبل؟
أشارت بسبَّابتها، قائلة:
- لقد ألقيت على نفسي السؤال ذاته.
ثم طرقعت سبابتها وإبهامها، مضيفة:
- ووجدت الجواب المنطقي.
بدت لي فاتنة ساحرة، وهي تتحدَّث بكل هذا الحماس، ووجدت نفسي منجذبًا لحديثها بكل حواسي، وهي تتابع:
- من المؤكد أن ذلك الفنان ليس بريطانيًا، وإنما هو شخص أجنبي، وصل إلى بلادنا منذ فترة وجيزة، وهو على الأرجح صيني أو روسي.
سألتها في دهشة:
- ولماذا صيني أو روسي بالتحديد؟!
أجابتني في سرعة:
- لأن هذين الشعبين بالذات شديدا الاهتمام بفن المنمنمات.. هل تعرفه؟!.. إنه ذلك الفن الذي يتعامل مع الأشياء بالغة الدقة والصغر.. لقد قرأت في ملفاتنا أن أحد الفنانين السوفيت في هذا المجال، صنع يومًا نموذجًا لزهرة الأوركيد، داخل فراغ شعرة رأس آدمية، وآخر صنع مسدسًا لا يمكن رؤيته إلا بعدسة تكبير ضخمة.. بل إن أحد فناني المنمنمات الصينيين قد صنع شطرنجًا كاملًا، بلوحته وقطعه كلها، بحجم رأس الدبوس حتى أن رؤيته لم تكن ممكنة إلا تحت عدسات المجهر، وهذه الدقة أشبه بالدقة التي تم صنع نماذج السيارات بها.. لقد فحصت ذلك النموذج الذي اقتناه أبي، بوساطة آلة تصوير، مثبتة على منفاخ

أسود، وهذا الأسلوب يمنحني نسبة تكبير مقدارها عشرون إلى واحد من الحجم الأصلي، ووجدت أن المحرّك يحوي كل الأجزاء الرئيسية، الموجودة في المحركات الحقيقية، فمن يمكنه صنع شيء كهذا، سوى فنان مبدع، من فناني المنمنمات.

حاولت هضم الفكرة هذه المرة، إلا أنها أصابتني بشيء من عسر الهضم، جعلني أعترض قائلًا:

- ولكن فنانًا بهذه الموهبة الخارقة لن يظل مجهولًا هكذا، ولن يسعى لبيع نماذجه بهذه السرية، بل سيبذل قصارى جهده لتقديم أعماله للنقاد ورجال الصحافة والإعلام، حتى يحوز شهرة واسعة، تضاعف أسعار تحفه عشر مرات على الأقل.

لوَّحت بكفها، قائلة:

- لا يمكنك أبدًا فهم الفنانين، ولا إخضاع تصرفاتهم للمنطق العادي.

تنهَّدت، قائلًا:

- ربما.

غلفنا الصمت لحظات، وكلانا يتطلَّع إلى الآخر، ثم سألتني (إيما) في صوت خافت، يحمل رنة أسى واضحة:

- نظريتي لم تقنعك.. أليس كذلك؟

انفطر قلبي لحزنها، ولكن طبيعتي العلمية منعتني من قول ما لا أؤمن به، فقلت في خفوت:

- إنها نظرية ممتازة، ولكن حديث (لوكاس) مع ابنه، كان يوحي بأنه يحصل على ثمن بيع النماذج كله لنفسه، وهذا لا يتفق مع نظرية ذلك الصانع المجهول.

قالت في شيء من التردّد:

- ربما يشتري (لوكاس) هذه النماذج من الصانع الحقيقي بثمن بخس، ثم بيعها لحسابه بثمن ضخم، ويكتفي ذلك الفنان المجهول بالحصول على ثمن السيارة المسروقة عند بيعها.

سألتها مبتسمًا:

- وما الذي يدفعه إلى المخاطرة بالكثير، وقبول القليل؟

صمتت في حيرة، ودارت عيناها في المكان، وكأنها تبحث عن حل آخر، أو تفسير جديد، ثم لم تلبث أن لوَّحت بذراعها، وهي تتراجع في مقعدها، قائلة في حنق:

- مهما حدث، لن يمكنك إقناعي قط بأن مستر (لوكاس) التافه هذا، هو الصانع الحقيقي لتلك النماذج العبقرية.
قلت بسرعة:
- من المؤكد أنه ليس صانعها، ولكن هناك تفسيرًا آخر للموقف، بخلاف فكرة الفنان المجهول هذه، على الرغم من أنها بدت لي منطقية في البداية.
أطلقت زفرة قوية، وهي تقول في مرارة:
- عقلي يكاد ينفجر من شدة التفكير والبحث عن تفسير.
لم تكد تتم عبارتها، حتى ارتفع رنين هاتفي النقال، فالتقطته في حركة آلية، ووضعته على أذني، قائلًا:
- دكتور (رامز سيف الدين).. من المتحدّث؟
أتاني صوت (لوجان) مفعمًا بالانفعال، وهو يقول:
- إنه أنا يا (رامز).. لا يمكنك أن تتصوَّر ما وجدته، عندما فحصت تلك البقايا.
اعتدلت في حركة حادة، وأنا أقول:
- ماذا وجدت يا (لوجان)؟.. ماذا وجدت؟
هتفت (إيما)، وهي تقفز من مقعدها:
- أهو أبي؟.. ماذا وجد في محتويات المظروف؟
كادت تلصق أذنها بسمّاعة الهاتف، لتستمع إلى (لوجان)، وهو يقول:
- لقد فحصت تلك الدماء.. إنها نفس خلايا الدماء المعروفة، ولكنها أصغر حجمًا بخمس عشرة مرة على الأقل، أما الأنسجة الموجودة، والتي ينطبق عليها الأمر نفسه، فهي..
بتر عبارته بغتة بشهقة مكتومة،وانقطع الاتصال، وساد صمت مخيف لحظة، صرخت خلالها:
- (لوجان).. ماذا حدث يا (لوجان)؟
وصرخت (إيما) في رعب:
- أبي.. أبي..
وحاولنا إجراء الاتصال معه مرة أو مرتين، ولكن هاتفه لم يستجب، فانطلقنا بسيارتي إلى منزله على الفور، وأسرعت (إيما) إلى معمله، وهي تهتف:
- أبى.. أبي.. ماذا حدث يا أبي؟!

ولكنها لم تكد تقتحم المعمل، حتى أطلقت صرخة رعب هائلة، ارتجت لها جدران المنزل كله، وأنا ألحق بها، وأتلقى نصيبي من الصدمة.

لقد كان (لوجان) ملقى أرضًا، والدماء تسيل من جرح واضح في جبهته، وإلى جواره مجهره الأثير محطمًا، وعيناه تحدقان في الفراغ، وقد فقدتا أهم ما فيهما.

البريق..

بريق الحياة.

التحقيق

لم تتوقف (إيما) عن البكاء لحظة واحدة، منذ كشفنا لجثة (لوجان)، وحتى وصول رجال الشرطة، حتى خُيل إليَّ أنها قد سكبت ألف لتر من الدموع، وأن ذلك الشحوب الشديد في وجهها، يعود إلى الجفاف الذي أصابها من جراء هذا، ولكن العجيب أنها سيطرت على دموعها ومشاعرها تمامًا، عندما وصل مفتش الشرطة (جراي)، وبدأ بفحص المكان مع فريقه، قبل أن يقول:

- من الواضح أنها جريمة قتل عمد، ولكن أحدًا من المارة أو الجيران لم ينتبه إلى حدوث شيء ما، وهذا يجعل المهمة عسيرة، مالم يكن لديكما ما تضيفانه.

سألته في اهتمام:

- وماذا عن البصمات؟

ارتسمت على شفتيه ابتسامة ساخرة، وهو يقول:

- لم يعد هذا يجدي منذ فترة طويلة، فالجميع يشاهدون أفلام السينما، وأي طفل صغير الآن يرتدي قفازات مطاطية، حتى لا يترك بصماته على الثلاجة، عندما يسرق منها قطعة شيكولاتة.

أحنقني أسلوبه المتعالي، فقلت في حدة:

- من الواضح أن الجميع يشاهدون تلك الأفلام، فأنت تقلد شرطي السينما.

انعقد حاجباه في غضب، وهو يقول:

- دعابة سخيفة.. والآن هل لديكما ما ترغبان في إضافته؟

كدت أقص عليه قصة مستر (لوكاس) ونماذجه، ولكن (إيما) سبقتني إلى الحديث، قائلة:

- كان من المفترض أن هناك عينة، يقوم أبي بفحصها، ولكنها اختفت تمامًا، ولا يوجد أي تقرير عنها.

قال المفتش (جراي) في دهشة:

- عجبًا!.. المفترض أن الدكتور (لوجان) قد اعتزل العمل في دائرة الشرطة، منذ ما يقرب من العامين، مكتفيًا بمحاضراته الجامعية.

قالت في حدة:

- هذا لا يعني أنه لم يعد طبيبًا شرعيًا.

رمقها بنظرة محنقة، قبل أن يقول في لهجة جافة:

- بالتأكيد.. هل تظنين أن تلك العينة من الأهمية، بحيث يتم قتله من أجلها؟
أجابته في حزم:
- نعم.
عاد حاجباه ينعقدان في شدة، وهو يسألها:
- وما نوع تلك العينة، التي يمكن أن يُقتل شخص ما بسببها؟
تصوَّرت لحظة أنها ستقص عليه قصة (لوكاس)، أو جزءًا منها على الأقل، إلا أنني فوجئت بها تشير إلى جثة والدها، قائلة:
- سله هو، فكل ما أخبرني به هو أنه يفحص عينة إجرامية بالغة الخطورة.
ندّت مني حركة غريزية، وكأنني أهم بالاعتراض، ثم بدا لي أنه من غير اللائق أو المنطقي أن أفعل، مادمت أجهل هدفها من هذا الموقف، فتراجعت بسرعة بدت لي مناسبة، إلا أنها لم تبد كذلك بالنسبة للمفتش (جراي)، الذي استدار نحوي بحركة حادة، ورمقني بنظرة صارمة، بدت وكأنها ستنفذ إلى أعماقي، وتنتزع أغواري، قبل أن يعود بعينية إلى (إيما)، ويسألها:
- هل تتهمين أحدًا بقتل والدك؟
كدت أنفجر دهشة وغيظًا، عندما هزَّت رأسها نفيًا، وأجابت:
- كلا.. لا يمكنني اتهام شخص ما بالتحديد.
وصمتت لحظة، قبل أن تضيف في حزم:
- ليس بدون دليل.
رمقها المفتش (جراي) بنظرة أخرى صارمة، ثم أخرج بطاقته، وناولها إياها، قائلًا:
- فليكن.. هذه بطاقتي، وبها كل أرقام هواتفي.. لو تذكرت شيئًا ما، في أي وقت، أو وجدت أنه هناك من يمكنك اتهامه بقتل والدك، لا تترددي في الاتصال بي على الفور، في أية لحظة من الليل أو النهار...
غمغمت، وهي تلتقط البطاقة، وتدسها في جيبها:
- سأفعل.
تطلَّع إليها لحظة أخرى في صمت، وكأنما يحاول اختراق ذلك الجدار الصلب من الغموض، الذي أحاطت به نفسها، ثم التفت إلى فريقه، قائلًا:
- هيا يا رجال.. لم يعد لدينا ما نفعله هنا...

قالت (إيما) محتفظة بصلابتها وتماسكها، وهم ينقلون جثة (لوجان)، ويغادرون المكان كله، وعندما ابتعدت سياراتهم، قلت لها في حدة:
- لماذا لم تتهمي (لوكاس) وابنه بقتل (لوجان)؟
أجابتني، وهي تتطلع عبر النافذة:
- لم يكن هذا ليؤدي إلى شيء؟.
هتفت محنقًا.
- ليس من شأننا أن نقرر هذا.. كان المفترض أن نبلغ المفتش (جراي) بالأمر، ومهمته هو أن يبحثه ويمحصه، و..
قاطعتني قائلة:
- لن يهتم بك أحد بدون دليل.. لا تنس أنني صحفية قديمة في عالم الجريمة، وأعرف الكثير عن هذه الأمور.. كل ما يمكن أن يحدث هو أن يذهبوا لسؤال (لوكاس)، ويعلنوا اتهامنا له، وسيسخر منا ومنهم، ويكون قد أخفى نماذجه في مكان آخر، مما يمنحه فرصة إنكار كل شيء، وسينتهي الأمر بتوجيه اللوم إلينا، لأننا اتهمنا بريئًا دون دليل واحد، وربما يقاضينا (لوكاس) أيضًا، بتهمة الإساءة إلى سمعته.
بهُت لكلامها، وغمغمت:
- لم أكن أعرف كل هذا.
أجابتني، ومازالت تتطلَّع عبر النافذة:
- هذا أمر طبيعي.. أنت عالم فيزيائي، ولست متخصصًا في هذا المجال التحقيق في الجرائم.
أخرسني إحساس بالندم وتأنيب الضمير لدقيقة أو يزيد، ظلَّت هي خلالها تتطلع عبر النافذة في صمت تام، قبل أن يتهدج صوتها بغتة، وهي تقول:
- كم سأفتقده.
وعندما استدارت إليَّ، كاد قلبي ينشطر، ويهوي بين قدمي، مع وجهها الغارق في بحر من الدموع، جعلني أهتف في لوعة:
- (إيما).. أنت تبكين.. كنت أتصوَّر بعد تماسك أمام رجال الشرطة أن..
لم أستطع إتمام عبارتي، التي بدت لي فجة خالية من الذوق، ولكنها أومأت برأسها، وكاد صوتها يبكي معها، وهي تقول:
- لا يمكنني أن أبكي أمام أي مخلوق، فالدموع لا ينبغي أن تنسكب إلا أمام شخص تثق به، و..
وارتجف صوتها، وهي تضيف:

- وتحبه.

قالتها، واندفعت نحوي، وألقت نفسها بين ذراعي، ثم تفجر من عينيها نهر من الدموع، يغرق صدري وقلبي..

ومن المؤكد أنكم ستتهمونني بالأنانية المفرطة، وبجمود المشاعر أمام عواطف الآخرين، إلا أنه، وعلى الرغم من دقة الموقف، ومن مصرع (لوجان)، وذلك الحزن الذي يملأ نفس (إيما)، كانت هذه هي أسعد لحظات حياتي كلها..

اللحظة التي اعترفت فيها (إيما) بحبها لي..

ويا لها من لحظة!..

لقد أحطتها بذراعي في حب وحنان، وتركتها تفرغ انفعالاتها كلها حتى النهاية، قبل أن تجفف دموعها، وتهمس:

- معذرة.

- هل تعتذرين؟!

تراجعت في رفق بالغ الرقة، وكادت روحي تنسحب معها، وكاد قلبي يثب من بين ضلوعي ليتشبث بها، لولا أن استعاد عقلي ذلك الموقف العصيب، الذي تمر به، فسألتها في خفوت:

- ماذا ينبغي أن نفعل؟

جلست على أوَّل مقعد صادفها، وهي تقول:

- نحن نختلف عن الشرطة في أننا لا نحتاج إلى دليل مادي.. يكفينا أننا واثقان من أن مستر (لوكاس) وراء ما حدث، وأنه فعل ما فعل لاستعادة تلك العينة، التي كان أبي يقوم بتحليلها.

سألتها في حيرة:

- وكيف علم أنه سيفعل؟

لوَّحت بيدها، قائلة:

- (لوكاس) ليس غبيًا، لقد انتخب أبي، من بين أعضاء جمعية هواة جمع نماذج السيارات، ليعرض عليه نماذج، وهذا يعني أنه أجرى عنه تحريات كافية، ويعلم جيدًا أنه طبيب شرعي شهير، ثم أنه التقى بك من خلال أبي، ومادام لم يستعد المظروف كله، ويدرك أننا حصلنا على جزء منه، فسيمكنه أن يستنتج بسهولة أننا سنلجأ إلى أبي لتحليل محتوياته.

امتلأت نفسي بحيرة شديدة، وأنا أقول:

- ولكن ما ذلك الشيء الذي كان يحويه المظروف، والذي يستحق أن يلجأ شيخ مثل مستر (لوكاس) للقتل، حتى لا ينكشف أمره؟
هزت رأسها نفيًا، وهي تقول:
- لست أدري.. كل ما نعلمه عن هذا الشيء هو أنه كان داخل نموذج السيَّارة، وأنه شيء حي، وفراره من المكان يمكن أن يعرّض مستر (لوكاس) للخطر، ثم إن (بندكت) قتله بقسوة، وسحقه بقبضته على المائدة.
غمغمت:
- لقد تصوَّرت في البداية أنه مجرَّد فأر صغير، تسلَّل خفية إلى النموذج، وأن (بندكت) المختل قتله بقبضته.
أومأت برأسها موافقة، وقالت:
- أنا أيضًا تصوَّرت هذا، ولكن لهفة (لوكاس) الشديدة على استعادة المظروف، وقتله والدي من أجل استعادة الجزء الذي حصلنا عليه منه، وحديثه مع (بندكت) عن الخطأ الذي تكرر مرتين، كلها جعلتني واثقة من أن ذلك الشيء، الذي سحقه (بندكت)، لم يكن شيئًا عاديًا.
سألتها حائرًا:
- وماذا يمكن أن يكون؟
هزَّت رأسها، قائلة:
- لست أدري.. لا يمكنني حتى استنتاج هذا.
وصمتت لحظات، قبل أن تضيف في حزم:
- ولكن هناك وسيلة لمعرفة الجواب.
هتفت بها في انزعاج:
- لا تقولي إننا سنقتحم متجر مستر (لوكاس) ثانية.
وشعرت بالارتياح، عندما هزت رأسها نفيًا، وقالت:
- كلَّا.. لن نفعل.
تنهَّدت قائلًا بالعربية:
- حمدًا لله.
ولكن قلبي هوى بين قدمي، وهي تستدرك في حزم:
- سنراقب مستر (لوكاس) نفسه.
ثم لأن صوتها، واكتسب رنة تفيض بالحنان والرجاء، وهى تستطرد:
- هل يمكنك أن تعاونني في هذا؟

أخبرني بالله عليك..
هل كان بامكاني أن أرفض؟..

☆☆☆

كثيرًا ما أتساءل، منذ حداثتي، عن السر في إصرار الطبيعة على معاندة المرء، كلما ارتبطت بها أفعاله، فالجو يظل صحوًا طوال الأسبوع، وعندما تقرر القيام برحلة خلوية، تكفهر السماء فجأة، وتتصارع فيها السحب الكثيفة، ويتصادم بعضها مع البعض، لتنهمر دموعها على أم رأسك، وتفسد يومك ورحلتك.
وهذا ما حدث معنا، في الأيام التي قررنا فيها مراقبة (لوكاس)..
لقد انخفضت درجات الحرارة بشدة، على نحو لم تشهده (أوروبا) كلها منذ زمن طويل، حتى كادت أطرافنا تتجمد، ونحن نجلس داخل السيارة، على مقربة من منزل (لوكاس)، الذي حصلت (إيما) على عنوانه باتصالاتها الصحفية، والثلوج تنهمر على السقف، وتتساقط على الزجاج الأمامي، الذي أضطر لمسحه كل فترة وأخرى، حتى لا تنعدم الرؤية عبره طويلًا..
وليومين كاملين، لم يغادر (لوكاس) مسكنه، منذ عودته من متجره، وحتى صباح اليوم التالي..
بل ولم يطلّ حتى من النافذة.
ولقد قدَّرت (إيما) أنه يفعل هذا، خشية أن تكون قد أبلغنا الشرطة بأمره، فوضعته تحت نوع ما من أنواع المراقبة، وأنه لن يلبث أن يعاود تحركاته اليومية، عندما يشعر بالاطمئنان، وإن كنت لا أدري كيف سيشعر بهذا، ونحن نراقبه بالفعل..
ولكن العجيب أنه عاود تحركاته.
وفي اليوم الثالث فحسب.
كنت قد بدأت أشعر بالملل والسخط، وأفكر جديًا في العودة إلى منزلي، والاستمتاع بالدفء، إلى جوار مدفأتي العريقة، وحاولت إقناع (إيما) بأن تشاركني هذ، دون أن أعترف لها بأن سنوات عمري، التي تجاوزت الخمسين بعدة أشهر، ليست قادرة على احتمال البرودة القارصة، التي يمكن أن تحتملها سنوات عمرها الثلاثين، ولكنني فوجئت بها تعتدل بحركة حادة، وتهتف في حماس:

- ها هو ذا.

استدرت أحدّق في الطريق، عبر كرات الثلج، التي تراكمت على الزجاج، ووقع بصري على (لوكاس)، وهو يغادر منزله، داخل معطف سميك، وغطاء رأس من الفراء، وخلفه (بندكت) بحجمه الضخم، مرتديًا معطفًا من الفراء، جعله أشبه بدب عملاق، ودسّ الإثنان نفسيهما داخل سيارتهما القديمة، التي انطلقت فوق البساط الثلجي الأبيض، الذي يفرش الطرقات، فأدرت محرك سيارتي بسرعة، و(إيما) تقول في انفعال:

- لا تضيء المصابيح، وحافظ على مسافة معقولة بيننا وبينهم، حتى لا ينتبهوا إلى أننا نتبعهم.

لم أكن أميل بطبعي إلى تلك الأساليب البوليسية، ولكنني أطعتها، ورحت أتتبع السيارة لنصف ساعة كاملة، وهي تتحرّك نحو أطراف العاصمة، حتى توقفت في ضاحية هادئة، فقالت (إيما):

- قف.. لا تقترب منهم أكثر.. سنغادر السيارة على أقدامنا، لو غادروا سيارتهم هنا.

تمنيت لحظتها لو أنهما ظلا داخل سيارتهما وفضلًا عدم الخروج، في هذا الطقس الثلجي المزعج، إلا أنهما تجاهلا أمنيتي، وتركا السيارة عند الناصية، ثم ترجلا في المكان لحظات، قبل أن يشير (بندكت) بيده إلى منطقة ما، في شارع جانبي، لا يمكننا رؤيته من موضعنا، فأومأ (لوكاس) برأسه إيجابًا، ودلف معه إلى ذلك الشارع الجانبي، فجذبتني (إيما)، وهي تقول:

- هيا.. أسرع، وإلا فقدنا أثرهما.

تحرّكنا معًا في سرعة، واتسعت خطواتنا في لهفة، حتى اقتربنا من ذلك الشارع الجانبي، ولهثت (إيما)، وهي تقول في انفعال.

- أراهنك على أنهما يسعيان لسرقة سيارة جديدة.. أكاد أقسم على هذا.. إنه التفسير الوحيد لـ.

فجأة، وقبل أن تتم عبارتها، انبعث ذلك الوميض، من الشارع الجانبي.. وميض مباغت سريع، أشبه بوميض مصباح تصوير، ولكنه فيروزي اللون، يقترن بصوت أشبه بالفحيح، أو يصوت اندفاع الهواء، ما عبر تجويف ضيق..

ولقد انتفض جسدانا، مع ذلك الوميض..

انتفضا، وسرت فيهما رجفة عجيب، امتزجت بقشعريرة باردة، جعلت (إيما) تلتصق بي في ذعر مبهم، وهي تهمس في هلع:
- ما هذا؟.. ما هذا بالضبط؟
حاولت أن أجيب، أو حتى أن أهدي أعصابها المتوترة بعبارة ما، إلا أن لساني تجمَّد في حلقي، ولم أستطع النطق بحرف واحد، وذهني يعمل في توتر بالغ، وحيرة أشد عنفًا.
أي نوع من الأشعة هذا؟!.
أيها يمكن أن يعطي ذلك الوميض القرمزي الخاطف، بكل ما يبثه في النفس من ذعر وخوف واضطراب؟!
وقبل أن يبدأ عقلي عملية الفرز والتصنيف، وتحديد النوع المناسب من أنواع الأشعة الخاطفة، اندفع (لوكاس) وابنه خارج ذلك الشارع الجانبي..
وكانت لحظة رهيبة..
لقد تجمَّد أربعتنا تمامًا، وارتسمت المفاجأة على وجوهنا، وغلفنا صمت رهيب، ميَّزت خلاله ذلك النموذج الذي يحمله (بندكت)، السيارة من طراز (مازدا)، زهرية اللون، قبل أن يهتف (لوكاس):
- أوقفهما يا (بندي).
ولابد أن أعترف هنا، بأن ذلك الدب الأدمي يمتلك سرعة استجابة مدهشة، فعلى الرغم من الصدمة التي أصابته ووالده، عندما رأيانا أمامهما، عند ناصية ذلك الشارع الجانبي، إلا أنه لم يكد يسمع صيحة والده، حتى ألقى إليه النموذج الذي يحمله، وانقضَّ علينا في وحشية، وهو يطلق من حنجرته زمجرة شرسة مخيفة، جعلتنا نتراجع معًا، و(إيما) تطلق صرخة رعب مكتومة.
والعجيب أنه، وهو الأكثر ضخامة، كان أخف منا حركة، فلحق بنا في لحظة واحدة، قبل أن ننطلق هاربين، وقبض على شعر (إيما) ليجذبها إليه في قوة، جعلتها تطلق صرخة ذعر وألم وارتياع، فصرخت فيه:
- اتركها أيها الوغد.
لم أكن يومًا ممن يبنون أجسادهم، أو يواظبون على القيام بأي نوع من التمرينات أو التدريبات الرياضية، إلا أنني لم أكد أرى ما فعله بحبيبتي (إيما)، حتى هاجمته كالمجنون، ولكمته بكل قوتي في معدته.
وقبل أن ترتد إلى قبضتي، كنت قد أدركت الخطأ الذي ارتكبته..

لقد استقبلت معدة ذلك الوحش قبضتي، كما لو كانت جدارًا من الصلب، في حين اندفعت قبضته هو تلكمني لكمة، بدت لي وكأن سيارة نقل ذات مقطورة قد انقضَّت على فكي بأقصى سرعتها، فتراجعت في عنف، وانزلقت على الأرض المغطاة بالثلج، وسقطت على ظهري، في نفس اللحظة التي ركلته فيها (ديانا) في ساقه، صارخة..

- اتركني أيها الوحش.

صفعها على وجهها في وحشية، فمادت بها الأرض، وانقلبت عيناها، وكادت تسقط فاقدة الوعى، مما أصابني بغضب وجنون لا حصر لهما، فنهضت من كبوتى، وهاجمته مرة أخرى، وأنا أصرخ مستنجدًا، ولكنه أمسك بي من شعري وطرحني في خفة، كما لو كنت شيئًا لا وزن له، ثم ضرب بي الجدار بكل قوته..

وأعتقد أنني سمعت صوت (إيما)، وهي تصرخ باسمي..

اعتقدت هذا فحسب، ولكن لا يمكنني الجزم به، ففي اللحظة التالية، كانت علاقتي بالسمع والرؤية قد انقطعت مؤقتًا..

والاسم العلمي لهذا بسيط ومعروف..

إنه (الغيبوبة).

☆ ☆ ☆

لست أدري كم بقيت فاقدًا للوعي، ولكن من المؤكد أنها فترة ليست بالطويلة، ولكنني أفقت لأجدني داخل سيارة (لوكاس)، التي تتوقف في منطقة شبه مقفرة، لا يوجد بها سوى جرن قديم، أنبأني بأننا الآن خارج العاصمة..

وأوَّل ما شعرت به، عندما استعدت وعيي هو الدهشة..

هذا لأنني لم أفقد وعيي من قبل قط، على الرغم من سنوات عمري الخمسين..

صحيح أنني رأيت أناسًا يفقدون وعيهم، سواء في الأفلام السينمائية، أو في عالم الواقع، أو على صفحات القصص والروايات، إلا أنني كنت أتساءل دومًا، كيف يحدث لهم هذا؟ وما شعورهم تجاهه؟.. وكنت أتصوَّر أنني من الأشخاص الذين لا يمكن لأي شيء في الدنيا أن يفقدهم وعيهم.

أما في اللحظة التالية للدهشة مباشرة، فقد سيطر على الخوف والقلق..

كان (بندكت) يجلس إلى جواري، ويرمقني بنظرة قاسية، في حين يوقف (لوكاس) السيارة، وإلى جواره (إيما) فاقدة الوعي، فاعتدلت قائلًا في توتر:

- ما الذي تنوي أن تفعله بنا يا مستر (لوكاس)؟

تنهد (لوكاس) في شيء من الأسف، وهو يجيب!

- ما كان ينبغي لكما أن تدسا أنفيكما في شئوني.. إنكما تجبراني على فعل ما أكرهه.

أدركت ما ينتويه من عبارته، فقلت في عصبية:

- فليكن.. سنتوقف عن دس أنفينا في شئونك.. سنعود إلى منزلنا، ونغلق فمينا إلى الأبد.

هزَّ رأسه في أسى، وغمغم:

- فات الأوان للأسف.

وأشار إلى ابنه، فدفعني خارج السيارة في غلظة، ثم انتزع (إيما) من مقعدها، وألقاها إلى جواري في خشونة، جعلتها تتأوه ألمًا، وتستعيد وعيها، مغمغمة:

- أين أنا؟.. ماذا حدث؟

لم تكد تنطقها، حتى وقع بصرها على (لوكاس) و(بندكت)، فشهقت في ارتياع، وقفزت تحتمي بي، فأحطت كتفيها بذراعي، وأنا أقول في توتر:

- ولكن لماذا يا مستر (لوكاس)؟!.. ما الذي يضطرك إلى التخلَّص منا؟

هتفت (إيما):

- ألم تفهم بعد.. إنه الشخص الذي يسرق السيارات.. إنه اللص الخاص بصانع اللعب المجهول.

هزَّ (لوكاس) رأسه نفيًا، وهو يقول:

- لم تفهمي شيئًا.. لم تفهمي شيئًا قط.

قلت في غضب:

- فليكن.. اشرح لنا أنت الأمر.. من يصنع تلك النماذج؟

صمت لحظات، وكأنما يدرس في ذهنه أمرًا ما، ثم أجاب في حزم:

- أنا؟

لوَّحت (إيما) بذراعها، وهي تقول:

- هراء.. لن يمكنك إقناعي أبدًا بأن صانعًا رديئًا مثلك، يمكنه أن يصنع تحفا كهذه.. أنت مجرد لص سيارات، ولكن هناك صانع آخر، يستمد إلهامة من السيارات المسروقة.

ابتسم (لوكاس) في شيء من الزهو، وهو يقول:

- أخطأت في نصف الحقيقة يا سيّدتي.. صحيح أنني أسرق السيارات، ولكنني أيضًا صانع النماذج المبهرة، والفضل يعود إلى مصادفة مدهشة.

قالت في صرامة..

- المصادفات لا تصنع عبقريًا..

ضحك قائلًا:

- ولكنها فعلت..

ثم أخرج من جيبه قضيبًا شفافًا، ينتهي بمقبض من الجلد، واستطرد:

- والفضل لهذا.

قالت (إيما) في دهشة:

- وما هذا بالضبط؟

برقت عيناه، وهو يجيب:

- إنه المصادفة.. المصادفة التي صنعت كل هذا.

قالها، وانطلق يروي القصة بلا توقف..
القصة المذهلة.

المصادفة

لم أر في حياتي كلها عينين تتألقان بشهوة الدنيا كلها، كما رأيت عيني مستر (لوكاس)، وهو يروي قصته، قائلًا:

- قضيت حياتي كلها أصنع الدمى والنماذج واللعب الخشبية، وأبيعها في متجري القديم، دون أن أحقق سوى نجاح محدود، مكنني بصعوبة من استئجار منزل بسيط، بعيدًا عن قلب العاصمة، وشراء سيارة متواضعة، والعيش بدخل محدود، لا يرقى أبدًا إلى مرحلة الاكتفاء بالضروريات، والسعي لامتلاك الكماليات، وعلى الرغم من زواجي في سن مبكرة، إلا أننا - أنا وزوجتي - لم تنجب سوى ابن واحد وهو (بندكت) هذا، الذي أتى إلى الدنيا بعيب خلقي، وتشوهات في الوجه والصدر، جعلته مجرَّد مسخ ضعيف العقل، عانينا كثيرًا لتربيته وتنشئته، حتى ماتت زوجتي منذ خمس سنوات، وتركت الحمل كله على عاتقي، فقررت أن أقضي عمري كله في محاولة تربية (بندي) ورعايته.

وألقى نظرة طويلة على ابنه، قبل أن يتابع:

- وعندما قرأت في مجلة أمريكية عن ذلك الجرَّاح، الذي ابتكر نوعًا خاصًا من الجراحات الحديثة، القادرة على خفض درجة التخلف العقلي، ورفع مستوى ذكاء من هم على شاكلة (بندي)، عن طريق تحسين الدورة الدموية المخية، وتنشيط السائل المخي، أسرعت أتصل به، وأسأله عن التكلفة المطلوبة لإجراء الجراحة، فأخبرني أنها تقترب من المائة ألف جنيه استرليني.

وتنهَّد في عمق، ثم استطرد:

- وكان المبلغ رهيبًا بالنسبة لي، حتى أن مجرَّد التفكير فيه كان يرهق ميزانيتي المحدودة، مما أجبرني على التنازل عن الفكرة، والاكتفاء بالتحسر عليها، وعلى الفرصة التي تضيع، بسبب قلة مواردي.

وعادت عيناه تتألقان، وهو يضيف:

- ثم جاءت تلك المصادفة المذهلة.

قالت (إيما) في عصبية:

- والتقيت بصانع اللعب، الذي أقنعك بسرقة السيارات لحسابه.

ابتسم في سخرية، وهز رأسه، قائلًا:

- من الواضح أنك لم تفهمي شيئًا بعد.

ورفع ذلك القضيب الشفاف، قائلًا:
- هذه هي المصادفة العجيبة..
ثم خفضه، مستطردًا:
- ففي متجري جزء خاص، لشراء اللعب القديمة والمستعملة، وإصلاحها، وإعادة بيعها بثمن مناسب، ولدي عدد كبير من الزبائن، من ذوي الدخول المحدودة، الذين يقبلون على هذا القسم بالذات.. وذات يوم، حضر إلى متجري طفل صغير، وقدَّم لي هذا الشيء، وطلب جنيهًا واحدًا ثمنًا له، ولما كان ذلك الشيء طريف الشكل، فقد نقدته المبلغ الذي طلبه وفكرت في إضافة بطارية صغيرة إلى القضيب الشفاف، مع مصباح مختلف الألوان، وبيعه كمصباح ملون، وعندما حاولت فصل الجزء الشفاف عن المقبض الجلدي، حدث الأمر فجأة، كقصة مصباح (علاء الدين)، وخرج الجني من المصباح..
انعقد حاجباي في شدة، في حين قالت (إيما) في توتر:
- مصباح وجني؟!.. هل تسخر منا يا رجل؟
قهقه (لوكاس) ضاحكًا، قبل أن يقول:
- إنه تعبير مجازي يا آنستي، فالمصباح ليس سوى ذلك القضيب العجيب، الذي أجهل أين وكيف عثر عليه الصبي، أما الجني فهو تلك الأشعة الفيروزية، التي تنطلق منه، وتصنع ذلك التأثير المذهل.
وأمسك نموذج السيارة (المازدا)، ولوَّح به، قائلًا:
- الأشعة التي تحوّل السيارات الحقيقية إلى نماذج كهذه..
اتسعت عيناي في ذهول، وأنا أحدّق في النموذج الذي يمسكه، في حين شهقت (إيما)، وهتفت مستنكرة:
- كلا.. لا تحاول إقناعنا بهذا.. إنه ليس واحدًا من أفلام الخيال العلمي، لتسخر منا على هذا النحو.. لن أصدق أبدًا أنك تستطيع تصغير جسم حقيقي بأية أشعة كانت!!
هزَّ كتفيه في لا مبالاة، وهو يقول:
- صدقي أو لا تصدقي، ولكن هذه هي الحقيقة.. وكل ما أحتاج إليه هو تصويب ذلك الجزء الشفاف نحو الشيء المراد تصغيرة، ثم الضغط على المقبض الجلدي في قوة، فتنطلق الأشعة الفيروزية، ويبدأ الشيء الذي أصابته في التقلص بسرعة، حتى يصبح في هذا الحجم.
اندفعت أقول في توتر شديد:

- مستحيل!.. هل تقصد أن كل تلك النماذج لم تكن سوى سيارات حقيقية، تم تقليصها بوساطة شعاعك الفيروزي هذا؟
أومأ (لوكاس) برأسه إيجابًا في شيء من الزهو، جعلني أهتف:
- لهذا كانت متقنة تمامًا، وبالغة الدقة إلى حد مذهل.. رباه!.
إنه التفسير الوحيد، الذي لم يجل بخاطرنا قط.
هتفت (إيما) في عصبية:
- لا تصدقه يا (رامز).. إنه مخادع.. لو أن هذا القضيب الذي يمسك به قادر بالفعل على تقليص الأشياء، فلماذا لم يستخدمه لتقليصنا، بدلًا من أن يحملنا إلى هذه المنطقة المقفرة للتخلص منا؟
أجابها (لوكاس) في هدوء:
- لأني لا أستطيع استخدام الأشعة مرتين متتاليتين..
لست أدري لماذا بالضبط، ولكنه أمر أشبه بتلك الأشياء التي يتم شحنها.. القضيب لا يحوي أي مصدر للطاقة، ولكنه يكتسبها من مصدر ما، وهذا يحتاج إلى ساعتين أو يزيد، ما بين كل طلقة وأخرى.
انعقد حاجباها في صرامة، وهي تقول:
- تفسير طريف، ولكنه أيضًا لا يقنعني.
مطَّ (لوكاس) شفتيه وهو يقول:
- آه.. أنت تحتاجين إلى دليل أقوى.. فليكن.. لقد فقدت كلبك مع سيارتك (التويوتا) القرمزية.. أليس كذلك؟
شحب وجهها، وهي تقول:
- (ريكي).. ماذا فعلت به أيها الوغد.
ابتسم (لوكاس) في تشف، ثم أشار إلى (بندكت)، قائلًا:
- أرهم لعبتك يا (بندي).
تهلَّلت أسارير (بندكت)، ودس يده في جيب معطفه، ثم أخرجها، وفرد راحته أمام وجهينا، وهو يبتسم أكثر ابتسامات الدنيا مقتًا وبشاعة.
وتراجعت (ديانا) كالمصعوقة، وهي تطلق شهقة هلع، في حين حدَّقت أنا في راحته ذاهلًا مبهورًا..
فهناك، في وسط راحته، كان ينبح كلب، لا يزيد حجمه على حجم جرذ صغير..
وصرخت (إيما) في ارتياع:
- (ريكي)؟!.. مستحيل!.. مستحيل!

وقفزت يدها محاولة التقاط كلبها المتقلص، ولكن (بندكت) أبعده في سرعة، وهو يزمجر غاضبًا، شأن أي طفل، حاول آخر الاستيلاء على لعبته المفضلة، فصاحت (إيما):
- إنه كلبي.. أعده إلي.
أما أنا، فالتفت إلى (لوكاس)، وقلت في توتر:
- إذن فذلك الشيء، الذي سحقه ابنك في المتجر، كان كلبًا آخر.
بدا الأسف على وجه (لوكاس)، وهو يقول:
- كلًا.. لم يكن كذلك.
وتنهَّد في عمق، قبل أن يستطرد.
- لقد كان آدميًا.
انتفض جسدي في رعب، وسرت فيه قشعريرة اشمئزاز عنيفة، ووثب عقلي يستعيد ذلك المشهد، و(بندكت) يهوى بقبضته على المائدة مرات ومرات، ثم يرفعها ملوثة بالدماء، وشعرت بمعدتي تنقبض في شدة، في حين هتفت (إيما):
- يا للبشاعة!.. يا للبشاعة!.
وتفجَّر جوفها فجأة عبر حلقها، وأفرغت محتويات معدتها كلها في ألم، فأسرعت أربِّت عليها، ومنحتها منديلي، وأنا أقول في حدة:
- أي مخلوق أنت؟.. وأي وحش ابنك هذا.. لقد سحقتما آدميًا بلا رحمة أو شفقة.. يا إلهي!.. إذن فهذا ما كان يقصده (لوجان) المسكين، عندما قال: إن خلايا الدم معروفة، ولكنها أقل حجمًا بخمس عشرة مرة.. كان يقصد أنها دماء وخلايا بشرية.
بدا التوتر في صوت (لوكاس)، وهو يقول:
- كانت غلطة غير مقصودة.. خطأ غير متعمَّد.. يبدو أن ذلك الرجل كان نائمًا داخل السيارة، فلم ننتبه إلى وجوده في أثناء تقليصها، ولكنه استيقظ في المتجر، وأصابه الذعر لرؤيتنا، عندما بدونا له كعملاقين رهيبين، وحاول الفرار في يأس ورعب، مما أثار توتر (بندكت)، فتحرَّك في تلقائية، وسحقه بقبضته.. كان رد فعل غير مقصود، من شخص له مثل عقليته.
خفض (بندكت) عينيه، كصبي صغير يتلقى التأنيب، و...
وفجأة، برزت الفكرة في رأسي..

لقد انتبهت فجأة إلى أن (لوكاس) وولده لا يحملان سلاحًا في مواجهتنا، باستثناء أشعة التقليص، التي لا أدري ما إذا كان شحنها قد اكتمل أم لا.
وعلى الرغم من أنني لم أفعل هذا في حياتي قط، بل ولم أتصوَّر نفسي أبدًا أفعله، وجدتني أتدفع نحو (بندكت) بغتة، وأضمّ قبضتيَّ، ثم أهوى بهما مجمعتين على فكه..
وكان التأثير قويًا للغاية..
تأثير المفاجأة والضربة معًا واختل توازن (بندكت)، وسقط على ظهره، وهو يطلق خوارًا كالثور الذبيح، فصرخت وأنا ألتقط يد (إيما).
- اجري.. أجري بكل قوتك.
صرخ (لوكاس) في لوعة، وهو يعدو نحو ولده، ويفحصه مذعورًا، في حين انطلقت أنا أجري مع (إيما)، وقد اتخذنا ذلك الجرن القديم وجهة لنا، دون أن ندري لماذا فعلنا هذا، والأرض أمامنا ممتدة بلا نهاية..
ومن خلفنا، سمعنا (لوكاس) يصرخ:
- أعدهما يا (بندى).. لا تسمح لهما بالفرار.. أعدهما.
ولم تكد صرخته تكتمل، حتى تعالى من خلفنا وقع أقدام ثقيلة، لم نكن بحاجة إلى الالتفات إليها، لندرك أن (بندكت) يطاردنا كخرتيت ثائر، مما زاد من سرعتنا، وجعلنا نتجاوز حتى الرقم القياسي لأبطال مسابقات العدو للمسافات القصيرة، حتى بلغتنا ذلك الجرن القديم، واندفعنا داخله، و..
وشهقت (إيما) في ارتياع..
كنا كمن ألقى نفسه عمدًا بين فكي أسد، أو داخل مصيدة قوية، لا فكاك منها، فلقد اقتحمنا الجرن، لنجد أنه مغلق من كل جوانبه، باستثناء المدخل الذي عبرناه، والذي يعدو (بندكت) نحوه بكل قوته..
وفى ارتياع كامل، صرخت (إيما):
- ماذا نفعل؟.. ماذا نفعل؟
تلفتت حولي، وأنا أشد ذعرًا منها، ولمحت سلمًا خشبيًا كبيرًا، يستند إلى طابق علوي للجرن، فهتفت بها:
- أسرعي إلى هناك.
جرينا نحو السلم، ولكن (بندكت) بلغ الجرن قبل أن نصل إليه، فصرخت (إيما) في رعب، إلا أنني دفعتها نحو السلم، قائلًا:
- اصعدي.. اصعدي بسرعة..

كنت أعلم أن الوقت لن يسعنا للصعود معًا، ولكن بسالة مفاجئة ملأت قلبي، وجعلتني مستعدًا لمواجهة الموت نفسه، لو اقتضى الأمر، في سبيل الذود عن (إيما).. عن الحب الوحيد، في حياتي كلها..

وفي جرأة أدهشتني شخصيًا، استدرت أواجه ذلك المسخ الآدمي، الذي انقضَّ علي في غضب هادر، حاولت التصدي له بقبضتي، إلا أنه تلقى لكمتي في ثورة، ولطمني بكفه في صدري، لطمة انتزعتني من مكاني، وألقتني ثلاثة أمتار على الأقل إلى الوراء..

وعندما نهضت وأنا ألهث في ألم، استقبلتني قدمه الضخمة بركلة في وجهي، أضافت مترًا زائدًا إلى الأمتار الثلاثة السابقة.

ولكنني سقطت إلى جوار سلاح..

شوكة حرث ضخمة، تركها أولئك الذين كانوا المكان، وكأنما لم يعد يعنيهم أمرها..

وفي سرعة، التقطت الشوكة الثقيلة، ولوَّحت بها في وجه (بندكت)..

لم أكن أقصد أكثر من إرهابه، إلا أن الأطراف الحادة للشوكة أصابت صدره، ومزقت جزءًا من معطفه، فصرخ في غضب، وضربها بيده في عنف، فأطاح بها بعيدًا، قبل أن يحملني من معطفي، ويلقي بي لمترين آخرين..

وعندما ارتطمت بالأرض هذه المرة، وجدت نفسي إلى جوار السلم تمامًا، وسمعت (ديانا) من الطابق العلوي تهتف:

- اصعد يا (رامز).. اصعد بسرعة.

لم أدر بم يفيد الصعود بالضبط، إلا أن الموقف لم يكن يسمح بالتفكير، فوثبت أتعلّق بالسلم، ورحت أتسلقه بكل قوتي وسرعتي، ومن خلفي تنطلق زمجرة (بندكت) الغاضبة، وهو يعدو نحو السلم، ويتسلقه بدوره خلفي، و(إيما) تصرخ في رعب هائل:

- أسرع يا (رامز).. أسرع بالله عليك.

لست أدري كيف اكتسبت كل هذه الرشاقة، ولكنني تسلّقت السلم في ثوان معدودة، ووثبت إلى الطابق الثاني، واستدرت لأجد (بندكت) خلفي مباشرة، وقد انقلبت سحنته المخيفة على نحو رهيب، حتى بدا أشبه بشيطان مريد، ويده تمتد لتقبض على كاحلي، و(إيما) تصرخ وتصرخ، فضربت السلم بكل قوتي، مستخدمًا قدمي في آن واحد، ورأيت عينا

(بندكت) تتسعان لحظة، قبل أن يهوي مع السلم، ويرتطم بالأرض في عنف..

ومع ارتطامه، أطلق (بندكت) صرخة بشعة، انشطر لها قلبانا، (إيما) وأنا، فاندفعت أنظر إلى الطابق السفلي، حيث كان في انتظاري مشهد رهيب بشع..

لقد سقط (بندكت) فوق شوكة الحرث الضخمة، التي اخترقت ظهره، وعبرت جسده، وبرزت أسنانها الحادة من صدره..

وجحظت عينا (بندكت)، والدماء تتدفق من بين شفتيه على نحو مخيف، ثم لم يلبث بريق الحياة أن خبا من العينين الجاحظتين بغتة، وانتفض الجسد الهائل انتفاضة عنيفة، قبل أن تخمد حركته تمامًا..

وفي اللحظة نفسها، ارتجت جدران الجرن القديم بصرخة هائلة عظيمة، أطلقها مستر (لوكاس)، وهو يعدو نحو ابنه، صائحًا:

- (بندي).. واصغيري (بندي).

انكمشنا في ذعر، ثم لم تلبث (إيما) أن أشارت إلى بقعة في نهاية الطابق الثاني هامسة:

- هناك نافذة في الخلف.

أسرعنا إلى تلك النافذة، ونحيب (لوكاس) وصراخه يملآن المكان، وهو يتحسَّس جثة ابنه كالمخبول، ومن حسن حظنا أننا وجدنا سلمًا خلف النافذة، استخدمناه للهبوط، ثم قلت لـ(إيما) في توتر بالغ:

- سنعدو حتى السيارة، وننطلق بها مبتعدين.

أطاعتني دون مناقشة، ورحنا نجري جنبًا إلى جنب، حتى بلغنا السيارة، وساعدت (إيما) على دخولها، ثم درت حول مقدمتها، و...

وفجأة، برز (لوكاس) من الجرن، وهو يصرخ:

- لن تفرا بفعلتكما أبدًا.. أبدًا.

كان يصوِّب نحونا ذلك القضيب الشفاف، فصحت في (إيما):

- اقفزي خارج السيارة.. أسرعي.

لم أكد أنطقها، حتى رأيت شعاعًا مستقيمًا، أشبه بشعاع الليزر له لون فيروزي، ينبعث من قمة القضيب، ويمرق على مسافة سنتيمترات قليلة مني، ليرتطم بجسم السيارة..

وشعرت بطاقة هائلة تدفعني إلى الأمام، لمسافة أربعة أمتار كاملة، مع وميض فيروزي قوي، امتزج بصرخة (إيما)، وبصوت المفتش (جراي)، وهو يصرخ:

- توقف يا هذا.

ثم سمعته يطلق شهقة قوية، مستطردًا:

- ماهذا بحق السماء؟

استدرت لأجد سيارة (لوكاس) تتألق بشدة، ثم يتقلص حجمها بسرعة مدهشة، وعلى مقربة منها يقف المفتش (جراي) محدقًا فيها في ذهول، في حين يصرخ (لوكاس):

- كلكم تستحقون هذا.. كلكم.

التفت إليه (جراي) بسرعة، ورآه يصوب ذلك القضيب نحوه، فاستل مسدسه في سرعة، وأطلق النار ثلاث مرات متتالية سريعة..

وتفجَّرت الدماء من صدر (لوكاس) ورأسه، وعنقه، وترنح لحظة، ثم هوى أمام الجرن جثة هامدة، والمفتش (جراي) يهتف في سخط محنق:

- انظر ما الذي جعلتني أفعله.. انظر ما استدرجتي إليه.

نهضت زائغ البصر، أبحث عن (إيما) في ارتياع، ووقع بصري على سيارة (لوكاس) المنكمشة المتقلصة، والمفتش (جراي) يتابع في عصبية:

- كنت أعلم أنكما تخفيان شيئًا ما، وراقبتكما خفية، وأنتما تتبعان (لوكاس) وابنه، وسمعت كل ما قاله، ولكن من المستحيل أن أضع هذا في تقرير رسمي،.. من سيصدق هذا؟!. من؟!

لم أهتم كثيرًا بحديثه، وأنا أهرع إلى السيارة المتقلصة، هاتفًا باسم (إيما)، وكياني كله ينتفض ويخفق لكل حرف من حروف اسمها، والتقطت السيارة، ورفعتها إلى عينيَّ..

وانهار قلبي تمامًا..

لقد حدث ما كنت أخشاه..

ويالهول ما حدث!

✫ ✫ ✫

النهاية

لا شك عندي في أنكم قد فهمتم الموقف كله الآن..

لقد سقطت (إيما) المسكينة ضحية لأشعة التقليص اللعينة!..

لم تستطع مغادرة السيارة في الوقت المناسب، فانكمشت معها، وتحولت إلى كائن ضئيل صغير، أشبه بالدمى التى تلهو بها الصغيرات..

هل عرفتم الآن لماذا أبتاع الكثير من تلك الدمى الصغيرة وثيابها؟!..

هل أدركتم سر اهتمامي الكبير ببيت الدمية، الذي أحتفظ به في منزلي؟!..

إنه المنزل الذي تقيم فيه حبيبتي (إيما)، منذ ذلك اليوم المشؤوم..

لقد أخفيت أمرها عن الجميع، إلا عن شقيقتي الوحيدة (سوسن)، التي حضرت من (مصر) خصيصًا، لتشرف على رعايتها والعناية بها.

ومن حسن الحظ أنني نجحت في استعادة كلبها (ريكي)، من جيب (بندكت)، فلقد صار هو أنيسها الوحيد في منزلها الجديد..

وأنا أقضي معها أوقاتًا طويلة كل يوم، ونتحدث معًا، إلا أن الحزن لم يفارقني أو يفارقها لحظة واحدة، طوال العام المنصرم، الذي قضيته كله محاولًا سبر أغوار ذلك القضيب الشفاف، الذي تنطلق منه أشعة التقليص..

كنت أحتاج بشدة لدراسة كل ما يتعلَّق بتلك الأشعة العجيبة، التي أجهل حتى مصدرها، حتى يمكنني إنتاج أشعة مضادة، تعكس مفعولها، وتعيد حبيبتي (إيما) إلى عالمها..

ولقد جندت خبراتي كلها لهذا البحث، الذي يشترك معي فيه اثنان من أفضل تلامذتي.. أحدهما مصري الجنسية، والثاني سوري..

(علي) و(آسر)..

وكل منهما يعتقد أننا سنحتاج إلى عامين على الأقل، حتى نفهم طبيعة تلك الأشعة، التي لا تنطبق عليها القواعد، التي تحكم أي نوع آخر من أنواع الأشعة المعروفة..

الشيء الوحيد الذي توصلنا إليه، هو أن ذلك القضيب الشفاف يستمد طاقته من النجوم، وهذا سر تأخر شحنه..

لا ريب أن الطاقة التي تنبعث من النجوم تحوي نوعًا من الأشعة، لم نتوصَّل إليه بعد..

أشعة تعبر غياهب الكون، قبل أن تبلغنا..

وربما جاء هذا القضيب الشفاف أيضًا من وراء النجوم..

ومن أعماق الكون..

من يدري؟!

ولكن أحدًا منكم لم يسألني بعد، لماذا قررت أن أكتب لكم قصتي الآن، بعد مضي عام كامل على هذه الأحداث؟..

الواقع أنني أفعل هذا، لأنني اتخذت قرارًا حاسمًا، سيكون له أبلغ الأثر في حياتي ومستقبلي..

لقد بعت ممتلكاتي كلها، في (مصر) و(انجلترا)، وأودعت المبلغ كله كوديعة بنكية، باسم شقيقتي (سوسن)، تمنحها دخلًا معقولًا طيلة العمر..

هذا لأنني مازلت أحب (إيما) حبًا ملك شغاف قلبي، وسيطر على حواسي ومشاعري كلها..

أحبها حتى النخاع..

ومن أجل هذا الحب، قررت أن أتزوَّجها..

نعم.. ما دمت قد عجزت عن إعادتها إلى حجمها الطبيعي، بعد عام كامل من البحث، فالوسيلة الوحيدة لأنعم بقربها، هي أن أتقلص أنا إلى حجمها..

وهذا ما سأفعله اليوم..

ولن نحتاج إلى عقد زواج رسمي معتمد، لأننا حالة خاصة، تحتاج إلى قواعد خاصة..

سيعقد قراننا صديق مصري، يشرف على المسجد المقام عند أطراف العاصمة، وسيكون شاهدًا العقد هما (علي) و(آسر)، اللذين سيواصلان الأبحاث، حتى يتوصلا إلى وسيلة لإعادتنا لحجمنا الأصلي بإذن الله..

وحتى يحين ذلك الحين، سأنعم بقرب (إيما).. المخلوقة الوحيدة التي اختارها قلبي، وخفق لها، وانتخبها من دون العالمين، ليمنحها كل ما أدخره في أعماقي من حب وحنان، طوال أكثر من نصف قرن..

أما قصتي، فستبقى وثيقة للأجيال القادمة..

وثيقة سيستنكرها البعض، ويكذبها البعض، ويسخر منها البعض الآخر..

ولكنها ستبقى دائمًا رمزًا للغموض الذي يحيط بنا في هذا الكون، الذي لم نعلم عنه إلا قليلًا..

ورمزًا لأمر أعظم..

للحب..
الحب بلا حدود.

[تمت بحمد الله]

☆☆☆